ぎあまん
[イラスト] 吉武
1
底辺おっさん、チート覚醒で
異世界楽々ライフ

アキオーン
スキル【ゲーム】持ちの
おっさん転生者

リベリア
商業ギルド生鮮食品担当
ファウマーリ
大侯爵を名乗る
不思議な女性
???
フードに身を隠した
謎の少女たち

「……許してくれ」
「は？」
「俺は、ここで死ぬわけにはいかない」
「そうか？」
――牙を見せて笑う男が
あのアキオーンと同じ人間とは
思えなかった。

CONTENTS

01 スキル名は【ゲーム】

なんのとりえもない人生だった。

ぱっとしないまま思春期を過ぎて、ぱっとしないまま就職して、ぱっとしないまま働いていた。ひどいブラック企業というわけでもなく、かといってホワイトと言い切ることもできず、給料はそれなりで、一人で生きるには問題ないけど結婚なんて考えられるわけもなく、そもそも結婚する相手もいない。

探そうという気持ちにもなれない。

一人は寂しいけれど、いまさら自分の空間に他の誰かがいることが想像できない。老後のことを考えると恐ろしくなるけれど、そんな理由で一緒になってくれる人を探そうと思うとひどくみじめな気持ちになる。

たまに買うゲームだけが、漠然と襲いかかる未来への恐怖を和らげてくれた。

そんな日々が過ぎていたある日のこと。

通販サイトで買ったゲームソフトをコンビニで受け取って帰っていた。

安アパートの階段をカンカンと上がっていると、上から言い争う声が聞こえてきた。

何事かと思っていると、騒がしい声と共にカップルが向かう先に姿を見せる。

怒って足早に階段を下りようとする彼女を彼氏が追いかける。

痴話喧嘩《げんか》だ。

勘弁してほしいと思いつつ、視線を下げようとした。

その時だ。

「待てよ！」

そう叫んで彼氏が手を伸ばす。

肩でも摑《つか》みたかったのかもしれないが、その行動は階段に差し掛かった彼女の背中を押すという結果にしかならなかった。

「きゃっ！」

押された彼女が足を滑らせて階段から宙に舞う。

落ちていく先に俺がいた。

ゴン！　と、ぶつかったと認識したのが最期だった。

最後じゃなくて最期。


俺は死んだ。

死んで、異世界に来た。

異世界転生なのか？

転移ではないだろう？

では憑依《ひょうい》？

魂がこの瞬間にこの男の体に入り込んだのか、それともここで記憶を取り戻したのか……正確なことはわからない。

気が付くと三十ぐらいのおっさんの体にいた。

おっさんは森の中で倒れていた。

近くにはデコブンという皮が硬くて大きな実が転がっていたから、これが頭に落ちたのだろうことは簡単に想像できた。

そしてそんな知識があるという時点で、俺はこのおっさんの記憶を引き継いでいるのだということも理解した。

他人の人生を奪ったのでは？　という後ろめたさや背徳感もない。感覚として、この体は自分のものなのだと理解している。

ならば、転移だろうが憑依だろうが、些細《ささい》な問題だ。

このおっさんは冒険者だったようだ。

とはいえ凄腕《すごうで》というわけではなく、近所の森で薬草を採ってそれを売るという山菜採りみたいなことをして生計を立てている。

口減らしで村から追い出され、それから王都の冒険者ギルドに登録して、薬草採りをしている。

他にはたまに行商人が雇う護衛隊の人数合わせをしたり、商店で力仕事を手伝ったり、他の冒険者の荷物持ちをしたり、そんな仕事もなければどぶ浚《さら》いをしたりと、冒険者というよりは何でも屋みたいなことをして過ごしていた。

夢はあった。

冒険者になりたての頃はダンジョンに行ったりドラゴンを倒したり王様に認められたり……冒険

者としての立身出世を夢見ていた。

だが、そんな夢は形になることはなく、なりたての頃に一緒に夢を見ていた仲間が自分を置いていった時に忘れることにした。

そしていま、前世の記憶を取り戻した。

残念ながら、取り戻したからなんだっていうんだ、という状況だったが。

前世の記憶があったからって役立つ場面などなさそうだ。

なにしろ俺は、前世でも凡夫だったのだから。

いや……。

一つだけあった。

それがスキル。

この世界は剣と魔法の異世界なのだが、その中にスキルと呼ばれる特殊能力も存在する。

かなり特別というわけではなく、普通に生活していてもなんらかのスキルを手に入れることもあるという程度のものだ。

たとえば、美味《うま》い料理を作れる者は【調理】というスキルを所持しているとか。剣の達人は【剣術補正】というスキルを持っているとか。

そういったスキルを俺も持っていた。

しかも、おそらくだけれど……かなり特殊なスキルだ。

だが、記憶を取り戻す以前は自分が持っているスキルがなんなのか、まったく理解できなかったので、触ることもなく放置していた。

そのスキルは【ゲーム】という。

名前の通り、ゲームができるというもの。

しかもできるゲームは一つだけ。

有名な某村開発ゲームと錬金術をテーマにした某クラフトゲームを足したような、与えられた領地を開発したり、そこで手に入れた素材でなにかをクラフトしたりというゲームだ。

記憶を取り戻して、改めて自分のスキルを確認した俺は軽く絶望した。

異世界に来てまでゲームをしろというのか。

いや、この世界、娯楽がかなり少ないのでそういう意味ではありがたいのだが、しかしそもそも娯楽に没頭する暇もあまりないという状況だったりする。

それでも、蠟燭《ろうそく》代がもったいなくてなにもできない真っ暗な夜とかは暇潰しにプレイした。

領地の森を切り開いて畑にしたり果樹園にしたり、釣りをしたり、集めた材料でクラフトしたり、外に冒険に行くことはないけど、自分の作った装備を雇った冒険者に託して遠くの地に素材集めの冒険に行ってもらったり、魔物退治してもらったり……。

そんなこんなと繰り返して領地を発展させていく。

色々とできることはあるけど、基本的には『領地での生活を楽しむ』ことを目的にしたゲーム。

異世界に来たのに異世界スローライフをゲームでやってどうするのかと思わないでもない。

いや、思う。

そのスローライフをゲームじゃなくて俺にくれよと思う。

切実に。

一日働いて稼いでも、その日の宿代と食事代を払ったらちょっとしか残らないし、微々たる貯金も必需品や冒険者稼業の諸経費で消えていく。

先行きがまったく明るくならない毎日。

前世の記憶とまったく変わらない毎日。

迫りくる老後という未来に怯《おび》える毎日。

それなのにゲームの中の俺は豪邸に住んで、優雅に釣りなんぞしている。

前世では癒やしになったが、こっちではほとんどならない。

比較が辛《つら》い。

なんだこの格差はと思ってしまう。

思いながら十年以上が過ぎた。


ある夜のことだ。

ゲームをしている間にいつのまにか寝ていたみたいだ。

夢に、俺が出てきた。

異世界のおっさんである俺ではなくて、昔の世界での俺だ。

だけど格好はくたびれたスーツではなくて、なにか豪華なローブのようなものを纏《まと》っている。

そんな豪華な格好で、見たこともないぐらいに生気に満ちた顔をしたかつての俺は、なぜか苦笑して俺を見ていた。

俺を見ながら、あるものを指さした。

それはゲームの画面。役所の中にある一角。

そこは……と思っていると、かつての俺はまた見たことのない調子に乗った顔で親指を立てて消えていった。

「……なんなんだよ？」

目が覚めて、ホロモニターのようなゲーム画面を見る。

操作はスキルを展開すると現れるコントローラーで行う。

夢の中の俺……そういえばあれはゲームのキャラに着せていた王様ローブだったのではないか？

そんなことに気付きながら、夢の中で指定された場所に行ってみる。

屋敷レベルが最大になって領地の開発も落ち着くと貯金ぐらいでしか利用しなくなる役所の中、右端にそのコーナーはある。

交易所掲示板。

チュートリアルの説明だと、ここで交易をするのだという。

自分の領地で手に入れたり作ったりしたものをここに置いて値段を設定したら、他のプレイヤーが買ってくれることがあるという。

また、こちらが欲しいものを設定して値段を提示しておくと、他のプレイヤーがそれを用意してくれて、その値段を自動で支払ってくれる……と説明ではなっている。

なっているけど、実際に、この交易所掲示板がちゃんと機能したところを見たことがない。

他にもスキルで【ゲーム】を持っている人がいるのかと期待していた頃は暇さえあれば情報が更新されないか確認していたけれど、その場面を目撃したことは一度もなかった。

なので、諦めてからはここのことは忘れていたんだけど……。

夢でのことが気になって、久しぶりに交易所を触ってみる。

手持ちに先ほど果樹園で採ったばかりのリンゴがあったので、売りで設定してみる。

値段は物によって最安値が設定されている。リンゴは一個で３Ｌ《リーン》。

Ｌはこの世界のお金の単位だ。

ちなみに現実だとリンゴ一個買おうと思うと３００Ｌぐらいする。果物は基本高い。

牛丼みたいな立ち位置のミートサンドが１５０Ｌだと思えば果物の高級感がわかってもらえるだろうか。

ゲーム内の価格単位もＬだけど、店売りとかでもリンゴは30Ｌとかで基本安い。

いや、ゲーム内の物価がそもそも安めに設定されている。

「ん？」

リンゴを設定して交易所の掲示板を見る。

そこにはいま何が売りに出され、なにが求められているかの情報がある。

いまは俺が設定したリンゴしかないのだけど……。

「買う？」

俺が設定したリンゴにターゲットを合わせて決定ボタンを押すと『買いますか？』という選択肢が出てきた。

買ってどうすんだよと思ったけど、なんとなく『はい』を選ぶ。ゲーム内では金持ちなので３Ｌぐらいの損なんてどうってことないし。

なんて思っていたのに『お金が足りません』と言われた。

どういうことだと思っているとすぐに『お金をチャージしてください』と出て、コントローラーが光った。

コントローラーの中央上部分。ＰＳで言うならタッチパッドのあるところ。スイッチでならアミーボを置くところ。

そこに光の円が表示されている。

「もしかして……」

慌てて中身の少ない金袋を探り、１Ｌ硬貨を三枚、コントローラーに当ててみた。

光の円の中に吸い込まれて硬貨が消えた。

『チャージ完了。買いますか？』

まさかの展開にドキドキしながら『はい』を選ぶ。

ゲーム画面の前に大きな光の円が現れて……そこからリンゴが落ちてきた。

「は、ははは……」

その結果に、乾いた笑いが零《こぼ》れた。

もっと早く気付けよっていう、自分への呆《あき》れと。

何も見えないぐらいに真っ暗だった毎日に光が見えてきた嬉《うれ》しさが混ざった変な笑いが零れ続けて、止めることができなかった。

リンゴはいままで食べてきたどんなリンゴよりも美味《おい》しかった。

ゲーム内の領地で採れたものをこっちで売れば儲《もう》かる。

それはちょっと考えればすぐにわかることだ。

なにしろゲーム内の物価は安い。

そんなわけで次の日は商業ギルドに行ってみた。

自分で屋台を出して売るにしても、どこかの店に買ってもらうにしても商業ギルドに顔を出しておいて損はない。

とりあえずリンゴを十個、籠に入れて持っていった。

とある農家に伝手《つて》ができた。買ってくれるならもっと持ってくると受付の人に言うと、生鮮食品担当の人が来てくれた。

担当の人はきりっとした女性だった。

味見で一つどうぞと言うと、クールビューティなお姉さんは果物ナイフでささっとリンゴを剥《む》いてカットすると、一切れを口に入れた。

こちらへの警戒心で冷たい無表情を維持していた彼女の表情が、ぱっと華やいだ。

「甘い！」

「そうでしょう！」

勝利を確信した俺は笑顔で頷《うなず》いてみせた。

異世界リンゴは酸っぱいのが主流なんだけど、【ゲーム】で採れるリンゴは蜜たっぷりでとても甘いのだ。

「なるほど……次はどれほど持ってこれそうですか？」

「え？　あ……ええと、俺一人で運ぶ約束なんで、とりあえず樽《たる》一つ分くらいかと」

「わかりました」

クールビューティは頷くと、メモ帳のようなものにサラサラとなにかを書いて俺の前に置いた。

見れば、３０００Ｌと書いてあった。

味見で食べた分も合わせれば一個３００Ｌで売れたことになる。

普通のリンゴを消費者が買う時と同じ値段で？

つまり、売りに出す時には普通のリンゴの二倍とか三倍の値段で売れると判断したっていうことか？

「これを受付に渡して代金を受け取ってください」

「あ、はい」

「うちにだけ卸してくれるのでしたら次は一つ５００Ｌで買い取ります」

「５００Ｌ！」

「なるべく早く持ってきてくださいね」

「は、はい」

最後ににっこりと微笑《ほほえ》まれて、それがすごい魅力的だったものだから俺は思わずデレりとなって承諾してしまった。

この瞬間に、自分で店を持って売るという選択肢は消えた。

まとめて買ってくれる場所があるのだからそこに任せるに限る。

結局のところ、俺は商売のプロではないのだ。

受付で3000Lを受け取り、商業ギルドを出る。

その足で樽を買いに行こうとしたけど、ちょっと待てと足を止める。

人目を避けて路地裏に入るとそこでこそこそと【ゲーム】を起動。

屋敷のクラフト部屋に移動して調べる。

この【ゲーム】のクラフトは最初からレシピがあって、それに従って素材を揃《そろ》える場合と、とりあえず素材を投入して作ってみるという二種類のやり方が存在する。

樽は作れる。

屋敷に飾るだけの家具だと思っていたけど、試しにリンゴ……五十個と樽を組み合わせてみる。

結果は……成功！

リンゴ入りの樽が完成した。

「よっし！」

思わずガッツポーズをした。

次の日、商業ギルドにリンゴ入り樽を運ぶと、すぐにクールビューティさんが来てくれた。

「まさか昨日の今日で来てくれるとは思わなかったわ」

「だめでしたか？」

「いいえ！　大歓迎です！」

樽はすぐに商業ギルドの人たちが受け取り、中のリンゴを確認していく。

数を確認すると、クールビューティさんはメモ帳にさらさらと値段を書いて俺に渡してくれた。

2万5000L。

短期間でこんなに稼いだのは、間違いなく人生初だ。

「あなた、お名前は？」

その事実に茫然《ぼうぜん》としていると、名前を尋ねられた。

「え？　アキオーンです」

「アキオーンさんね」

「あ、はい」

「私はリベリアです。これからもよろしくね」

「はい。お願いします」

上機嫌で去っていくクールビューティ……リベリアさんの背中を見送る。

名前を呼ばれた。

冒険者ギルドに登録する時でさえ、名前なんて気にされなかったという記憶がある。

実際、いまの俺になってからも受付では冒険者ギルドの登録証と依頼札を確認して報酬を置かれるだけの毎日で、名前なんて呼ばれたことはなかった。

これは商業ギルドと冒険者ギルドの質の違いとかではない。

俺が、俺個人として認められる行為をしたということだ。

名前を呼ばれる。

それはとても素敵なことなんだとこの歳《とし》になって思い知らされた気がした。

商業ギルドを出て、とりあえず街の中央に向かって歩く。

宿に戻るにはまだ早い。

かといってこんなに嬉しい気分なのに冒険者ギルドでちょっとした仕事を探すというのもなにか違う気がする。

どこかでセルフお祝いでもするか？

なんて考えながら歩いていると市場に入り込んでいた。

昼時の市場は静かだ。人も少ない。

目的もなく歩いているから視線があちこちに飛ぶ。

「ん？」

なので、それが目に入ったのは必然だった。

市場の隅に座り込んでいる三人の姿。

三人ともが大きめのフード付きローブを身に纏っているからわかりづらいが、十代ぐらいの子供に見えた。

いつもなら「あ～あ」で済ませている光景だった。

食いぶちに困って口減らしされたとかだろう。

俺も、それで冒険者を始めているし、そういうのはたくさんいる。

だからあの子たちも同類だろうと考えた。

三人を見たまま、足が止まった。

いつもならかわいそうにと思いつつも無視する。

俺にできることなんてなにもないからだ。

だけど今日は、気分が良かった。

懐も暖かかった。

だから、人目を気にしつつ【ゲーム】を起動してリンゴを取り出すとその子たちに近づいた。

「君ら、どうした？」

「「「…………」」」

子供らは顔も上げず、答えもしなかった。

腹が減ってそんな元気もないのかと思い、子供らの前にリンゴを差し出す。

「食べるか？」

「「「…………」」」

子供らはしばらく俺の手にあるリンゴをじっと見つめた後、真ん中の子が最初に手を伸ばした。

すぐに左右の子もリンゴを取り、齧《かじ》りつく。

真ん中の子は最初に取ったにもかかわらず、口を付けたのは最後だった。

しばらくリンゴを齧る音だけが響く。

「ここには来たばかりか？」

半分ほど食べたところで少しは落ち着いたようだったので聞いてみた。

三人はまばらに頷く。

「当てとか、寝るところは？」

首を振る。

「ここで生活するつもりか？」

頷く。

「じゃあ、とりあえず冒険者だな」

こういうのは村から追い出される時に親から言われることだと思うんだが、この子たちは言われなかったみたいだ。

「ほれ、付いてきなさい」

おずおずという感じで子供たちは付いてくる。

冒険者ギルドに行って登録をさせ、その間に三人分の袋を購入してくる。

「次はこれだ」

すでに昼を過ぎているけれど、これからでも宿代と晩御飯代分ぐらいは集められるだろう。

そうして王都の外の森での薬草集めを教えてやった。

とりあえず、これをやっていたらその日暮らしはなんとかなる。

三人なら宿代も節約できるからお金も貯《た》めやすいだろうし、慣れた頃に新しいことに手を出してみればいい。

最後に数あるミートサンド屋台の中からおすすめを教えてやり、俺の使っている宿で部屋を取らせる。

「とりあえずは、こんなところかな？」

王都での暮らし方・初心者編ってところかな？

まぁ、本当に最低限だ。

けれども、それを繰り返すだけでもこの歳までは生きてこられた。

後は自分でなんとかすればいい。

向上心があれば、あの頃の俺よりもマシな生き方ができるようになるだろう。

そういう子たちをたくさん見てきた。

「あの……ありがとうございました。リンゴ美味しかったです」

部屋に入る前に子供たちがそう言った。

女の子だったのか、ぜんぜん気付かなかった。


商業ギルドのリベリアさんに週に一度リンゴを持っていく。

ゲーム内の領地で果実が生《な》るのは一日一回。

採れるリンゴの数は八十個前後。七日で五六〇個前後。

なので売る数としてはまだまだ余裕があるんだけど、あまり頻繁に持っていくと品が余ったり値段が下がったりとかする可能性がある。

買値が一個５００Ｌだ。売るとしたらその倍とかもっと上とかのはずだけど、そんな値段で売られているリンゴを市場とかで見たことがない。

だとしたら貴族とか金持ちとかに持ち込みで売られていると考えるのが自然だろう。

いま、リンゴの値が高いのは味が良いのもあるが希少性が高いのも理由のはずだ。だとすれば、山ほど持ち込むよりはこれぐらいの数がいいのだと思う。

というか思うことにしておこう。

リベリアさんも不満そうにしてないので、俺の考えは大きく外れていないのだろうと安心できた。

いままでの生活と比べると確実に豊かになった。

いままで冒険者として稼いでも日に1000～1500L、一週間休みなしで7000～1万500Lだったのに、いまは一週間で2万5000L。リンゴを買う時に一個3Lだから五十個で150Lを引いて2万4850Lが儲けとなる。

冒険者なんてもうやらなくていいんじゃないかと思うけど、一日暇だとなんだか不安になってくるのが困ったところ。

そもそも今寝起きしている宿は王都最安値の素泊まりで一泊500L。で、朝になれば出ないといけない。昼も使おうと思えばまた別でお金を払わなければならない。

もっといい宿に移ってもいいかもしれない。

いや、それとも賃貸の部屋とか……もっと贅沢《ぜいたく》して家とか。

王都は城壁に囲まれており土地は限られているので家を持つのは、庶民にとってはかなりの贅沢となる。

でも、いまなら持てるかも？

いや、さすがにもっと貯めないとだめかな？

そんな風に欲が出てくると必要になってくる金額が頭に浮かんでくる。

そうなると冒険者としての収入も馬鹿にできなくなるわけで、今日も薬草採りで王都の近くにある森へと向かう。

王都を出て少し歩くと森がある。

王都よりも広大な森は魔物を住まわせるという危険があるものの、回復ポーションを代表とした錬金術で生み出される有用な薬の材料も見つけることができる。

それを採取して売るのが新米冒険者が最初に覚える仕事だ。

一番基本的な回復ポーションの材料となる薬草は森の浅い場所でかなり大量に採れるので、簡単な分、単価は安い。

奥に入れば希少なポーションの材料も手に入ってそれは高く売れるのだけど、その分、危険な魔物にも出くわしやすくなる。

いつも使っている薬草採り用の大袋を背負い袋から出して広げる。子供なら二人ぐらい入れられそうな大袋に薬草の葉をいっぱいに入れて帰ってだいたい１０００Ｌ。その他にキノコなんかを見つけて持って帰ると買い取ってくれることがある。そういう時は毒キノコの方が高値で売れたりする。

毒キノコも錬金術の材料になるんだそうだ。

それらを含めて最高で１５００Ｌ。

「なんとかもっと稼げる方法はないかな？」

考え事をしながら薬草の葉をちぎっていく。

慣れたものだから手の動きが止まることもない。

お昼にミートサンドを食べている頃には袋はほとんど膨らんでいる。

閉門前の行列を避けたいならこれぐらいの速度で集められないと一日1000Lは稼げない。

「ゲーム内でポーションが作れたら高く売れるんだけど……」

材料より完成品の方が高く売れるのは当然だ。

それにポーションを作るには錬金術師の技術がいる。

この世界には資格というものはない。

今日から俺が魔法使いや錬金術師を名乗ったところでなんの問題もない。

ただし、できないのにできると言って仕事などを失敗させた場合は詐欺罪になる。

もちろん俺は魔法も錬金術も使えない。

あいにくとゲームの中ではポーションは作れない。材料となる薬草がないから。

「ん〜」

そう、薬草がないから。

あったら？

「……試してみるか」

ミートサンドを食べ終わり、食後休憩の間に【ゲーム】を起動。

役所に入り交易所掲示板を覗《のぞ》く。

交易なんだから売ったり買ったりできるはずだけれど、いまのところ【ゲーム】の中にあるものを買ってるだけだ。

【ゲーム】へ売ることもできるんじゃないのか？

最近は高い頻度で使っているから見逃している部分はないと思うけど……。

「あっ」

あった。

見逃していた。

いままではリンゴを『売る』だけだったが、『買う』方を選んでみる。

ゲーム内に存在するアイテムしか選べなかったら終わりだなと思っていたけど違った。

キーボードが出てきて文字入力になったのだ。

「まさか……」

と思いつつ、薬草と入力。続く値段設定で一袋１０００Lと入力。

周りに誰もいないことを確認して、交易掲示板に表示された『購入希望品・薬草一袋』を選択すると……コントローラーにいつもの光が。

袋を当ててみると、吸い込まれていった。

「あ、しまった」

袋がなくなってしまった。

「いや、それより……」

チャージしているお金の額がちゃんと１０００L増えている。

ちなみにチャージしたお金を現金に戻せることにはすぐ気付いたので、金袋で持ち歩く分以外は全てここに入れてある。

「そんなことより……」

ゲーム内に薬草はなかったのに、いまはこうして存在している。

存在しているということは増やしたりクラフトの材料にしたりできるはずだ。

ゲーム内での数え方では袋の中の薬草は二十個になっていた。

『ピコーン！』

頭の中で変な効果音が鳴り、ゲームのキャラの頭上で『！』がポップした。

《下級回復ポーションのレシピを思いついた！》

おおう。思いついちゃったよ。

とりあえず畑の一角、四マスぐらいに薬草を植えてみる。

果樹園は木が育つまで時間がかかったが、その後は毎日果実が実るようになる。

畑は一マスに植えたものが育つまでに三日ほどかかるが、一つ植えたものが二〜四つに増える。

とりあえず今回は実験なので二マスだけでいい。

それよりも大事なのは次の実験。

薬草で回復ポーションはクラフトできるのか？

さっそくクラフト部屋に移動して試す。

薬草を材料欄に投入して……クラフト！

クラフト台に向かってガシャガシャゴンゴンキンコンカンとハンマーやら鋸《のこぎり》やらを振り回すキャラクターの俺。

絶対に回復ポーションを作っている姿には見えないけれど……？

《下級回復ポーションが完成しました！》

できちゃった。

「で、できたー!!」

森の中で思わず叫んでしまった。

はっとなって慌てて辺りを見回すが、誰かが来る様子もない。

人も……魔物も。

どっちが来ても色々危険だからすぐに移動。

森を出て王都に戻る。

冒険者ギルドにも顔を出さず、いつもの店で酢漬け野菜を足してもらったミートサンドを購入して安宿に直行。

藁《わら》ベッドがあるだけの部屋でまずは【ゲーム】を起動。

残りの薬草を全て下級回復ポーションにクラフトする。

出来上がった数は九本。

薬草二個で下級回復ポーション一本の計算だ。

それで、この下級回復ポーションをこっちに戻すには……最低価格は一本150Lか。

「ポーションを買ってくれるのは……」

商業ギルドでもいいけど、冒険者ギルドも買ってくれるはず。

ポーションを必要としているのは主に軍隊と病院と冒険者。

病院や軍隊にはお抱えの錬金術師がいるはずだから在野の錬金術師が持ち込むようなポーションの買取はほとんどしていないはず。

冒険者業で薬草を採りながらポーションを作って腕を磨いている錬金術師というのは何人も見た。

彼らのゴールのほとんどは軍隊や病院の錬金術師工房に雇われることだった。

そんな彼らが冒険者時代にポーションを冒険者ギルドに売っている姿も見ている。

工房勤めになったらまったく姿を見せなくなるのも定番だ。

とりあえず、明日はポーションを冒険者ギルドに持っていってみよう。

そんなことを考えていると、外でバタバタと足音が近づいてくる。

最近聞きなれた足音。三人組の子たちだ。

部屋から顔を覗かせると、あの子たちも晩御飯のミートサンドを持っている。

相変わらず大きなフードで顔を隠している。まだ三人の顔をちゃんと見たことはない。

ちょいちょいと呼んでからリンゴをあげた。

三人は誰からも距離を取っているようだけれど、俺には少しだけ心を開いてくれているようで、呼ぶとすぐに来てくれる。

「ありがとうございます！」

「はいよ。内緒だよ」

三人の嬉しそうな声を聞くとこっちも嬉しくなる。

他人に分けられる余裕があるっていいね。


次の日、ポーションを持って冒険者ギルドに向かう。

「おや、朝から買取ですか？」

「ええまぁ」

暇そうにしている買取カウンターのお姉さんの前に箱に並べた下級回復ポーションを置く。

「これの買取をお願いします」

「……回復ポーションですか？」

「ええ」

買取カウンターのお姉さんは何度か見たことがある。

俺が薬草以外を売りに来たことが珍しかったのだろう。

「鑑定させてもらいますよ」

「はい、どうぞ」

買取カウンターには特殊な鎖で繋《つな》げられた鑑定用の魔法具がある。

モノクルのようなそれでお姉さんはポーションを一本一本鑑定していく。

「はい。確かに下級回復ポーションです。一本300L。九本で2700Lですがよろしいですか？」

「はい、それで」

【ゲーム】で買った金額の二倍で売れるってことだな。つまり儲けは一本で150L。

今回は1350Lの儲け。ちなみに【ゲーム】でのお金のやり取りは計算に入れていない。

うーん、薬草を採る苦労を考えたらそんなに儲けていないなぁ。

ゲーム内の畑を完全に薬草にしたら儲けも出るだろうけど。

いまのところ畑で作ってるのって普通の野菜だし……野菜も売ってみるか？

野菜……自分で料理すれば食生活も改善できるのか。

でも、調理場を手に入れるのがまずなぁ。

「おじさん、名前なんでしたっけ？」

「え？　アキオーンだよ」

もにょもにょ考え事をしていたら買取カウンターのお姉さんに話しかけられた。

「アキオーンさん、錬金術師になったんですか？」

「あ、はは……まぁこのポーションの作り方だけ、偶然知ることができて」

「素晴らしいです。ずっと冒険者ギルドに通われていましたもんね。やっと努力が実られたんですね」

「は、はぁ……」

そう言われるとちょっと後ろ暗いような。

いや、この世界、スキルは普通にあるんだから、俺のスキルがちょっと特殊なだけだから。

「いま、西の街のダンジョンが人気だからポーションの需要はすごく上がってるんですよ。作られたらまた持ってきてくださいね！」

「それって……いくらでも？」

「はい！」

そう言って、２７００Ｌの載ったトレイを俺の前に差し出しながらお姉さんが明るい笑顔を向けてくれる。

またポーションを持ってこよう。

感謝されると弱い。

おっさんはちょろいのだ。

回復ポーションを量産しようと心に決めて街中を歩く。

となると薬草をたくさん手に入れる手段が必要だ。

ゲーム内の畑を全部薬草に変えるのもいいけど、まだ薬草が育つって結果が出たわけじゃないし。

だとしたらとりあえずは。

「人手を確保しないといけないわけだけど……」

おっさん、冒険者の横の繫がりがあんまりないからなぁ。

夢と希望に溢《あふ》れた若い頃ならそういう情報のやり取りとかもしてたんだけど、歳を取るごとにそういうものは摩耗していって、依頼札を見るだけという生活になっていく。

それに、俺みたいなおっさん冒険者は数も少ないし……癖が強い。

この歳で薬草採りや日雇いで稼いでいるような冒険者は上昇志向が削り取れていて、怠け者が多い。

頼るなら若い子がいい。

あ、あのフードの子供たちがいるな。

他には……。

と、新しい大袋を買って外に向かっている時に彼らが見えた。

俺と同じ大袋を引きずるようにして外へと向かっていく十代になったばかりのような子供たち。

孤児だったり、俺みたいに口減らしで村を放逐されたり、親がいてもあの歳で働かないといけなかったりと事情のある子供は多い。

薬草採りのほとんどはあんな子供たちだ。

見ているとなんだか切なくなる。

俺もあの頃にもっと努力して、なんらかの技術を身に付けるべきだった。

そんな胸が痛くなるような気持ちを抱えつつ、思う。

そうだ。彼らに頼もう。

思いつくと、追加の大袋を買いに戻った。

王都を出て森で薬草を採る。夕方になる前に王都に向かう道の途中で待っていると大袋を膨らませて帰ってくる子供たちがいた。

「ねぇ君たち」

「あ、なんだよおっさん」

うん、口が悪い。

フードの三人組は例外なんだなと改めて思う。

だけど気にしない。

この年頃の子供たちなんてこんなものだ。

「中身薬草でしょ？　売ってくれない？」

「は？　嫌に決まってるだろ」

「一袋１１００Ｌでどう？」

安く買い叩かれると思っていたのだろう、子供たちが顔色を変えた。

「本気か？」

「本気だよ。五袋欲しいから。その分は１１００Ｌで買う」

「………………」

「冒険者ギルドだとよくて１０００Ｌだろ？　儲かってるよな？　どう？」

「金、本当に持ってるんだろうな？」

「ほら」

「わかった」

よく膨らんだ金袋を見せたら交渉成立した。

子供たちはちょうど五人いたので俺が用意していた大袋に薬草を移してもらい、代金を支払う。

「ありがとよぅ！」

いつもより儲かったのだから子供たちは嬉しそうに帰っていった。

俺は人気《ひとけ》が絶えた森に入ってそれを【ゲーム】の中に入れる。

手に入った薬草は俺が集めた分も含めて六袋分だから百二十個。

これをクラフト部屋に持っていって下級回復ポーションを製作。前と同じように六十個。

３００Ｌで売れれば１万８０００Ｌ。

経費が１１００×５の５５００Ｌとゲームからの引き出しに１５０×60で９０００Ｌ。

合わせて１万４５００Ｌ。

儲けは３５００Ｌ。

薬草を【ゲーム】に入れる時の金の移動は考えないことにしている。

「うーん、微妙かなぁ」

大人しくリンゴだけ売っていた方がいいかもしれない。

とはいえ、ゲームとは違うからいつまでもリンゴだけを売っているわけにはいかない。

果物は他にもあるから季節ごとに変えるつもりだけど……。

それにこれなら、あのフードの子たちも少しは儲けが増えるし……。

「………あ」

悩んでいて、はたと気付いた。

「しまった」

陽《ひ》が落ちてしまった。

王都の門は閉じられてしまった。

もう帰れない。

日帰りがいつもとはいえ、こういう時のための簡単な野営用道具ぐらいは持っている。

「はぁ、しまったなぁ」

焚火《たきび》の用意をして火が大きくなるのを見ながら俺はため息を吐《つ》いた。

まだ暖かい季節だからいいけど、冬にこんな目に遭ったらと思うとぞっとする。

「ちょっと注意力が落ちてるな。気を付けないと」

リアルな生活がかかっているとはいえ、ゲームをやっていて時間を忘れるなんていつ以来だろうか。

懐かしさと落ち込みが混ざって奇妙な感覚だ。

木にもたれてぼーっとしていると腹が鳴った。

昼飯分しか食料を買ってないのでなにもない。

「そうだ」

【ゲーム】を起動。

【ゲーム】のクラフト機能には料理もある。

料理と言ってもゲームの中では屋敷の中に飾るだけの家具扱いのものなんだけど、それでも料理だ。

料理……だよな？

【ゲーム】は現実にも影響を与えることが分かったのだから、何でも試してみるべきだ。

「そうだな。とりあえず……」

試しに……と朝和定食を選んでみる。

最低価格は３００Ｌ。ミートサンド二個分と考えると高いようなそうでもないような？

いや、この国には米がないし、もちろん味噌《みそ》もない。陸地ばかりの国だから魚料理も貴重だ。そもそも洋とか和とかの考え方もない。

そんな中での和定食。

日本食。

これってレア中のレアだよね。

そう考えるとこの朝和定食の値段が３００Ｌなんて超破格に思えてきた。

コントローラーの光と共にそれが出現する。

出てきたのは白いご飯と味噌汁と焼き鮭《ざけ》。そして香の物。

「うあ……」

久しぶりに嗅いだ白いご飯と味噌汁、それに焼き鮭の匂い。小さな湯飲みではお茶が湯気を立てている。

箸もちゃんと付いている。

もう全部に泣きそうだ。

「いただきます！」

手を合わせて食べる。

美味い。

塩のしっかりきいた焼き鮭の味。

それと一緒に食べるご飯の甘み。

味噌汁の旨味《うまみ》に口の中で溶ける豆腐の感触。

「ふっぐうぅぅぅ……」

泣くほど懐かしい。

本気で涙が止まらなかった。

向こうで生きていたぱっとしない人生。振り返っても何もないと思っていたけれど食べ物にはしっかりと郷愁が宿っていて、俺のセンチな部分を抉《えぐ》り出《だ》してきた。

「ごちそう……様でした」

米粒一つ、香の物も残さずに食べきった。

お茶で口の中の残滓《ざんし》を流すのも惜しい。

「……このためにがんばれる」

しみじみとそう思った。

「おい、お前……」

幸せな気分のまましばらくぼうっとしていると、いきなり声をかけられた。

「ふへぇぇぇ！　誰だっ!?」

腰が抜けそうなほどびっくりした。

立ち上がろうとして失敗してずっこけてしまうぐらいに驚いた。

「だ、だだだだだだだだ誰だ!?　どこだ!?」

ずっこけたまま地面を転がって焚火から離れてたまたまぶつかった木の陰に隠れる。

見渡しても誰もいない。

笑い声だけが響いてきた。

「くくく……そう驚くでない。いま姿を見せてやる」

「へ？　ええ？」

そう思っていると焚火の側《そば》にふわりと人の姿が現れた。

「な、え？」

そこに現れたのは紅《あか》いドレスで黒い髪の貴婦人だった。

まだ若い。

若奥様かご令嬢かぐらいの年頃だ。

とても美しい女性だ。

ただ、比例するように気が強そうだとも感じた。

「……どなた様で？」

「妾《わらわ》はファウマーリ・レィバ・タランストレア大公爵じゃ」

「は、はは～お貴族様で……」

「む……」

俺が頭を下げるとご令嬢……名乗りを聞くなら大公爵様が不機嫌になった。

「貴様、妾のこと知らぬな」

「す、すみません」

このおっさんの人生全て掘り返しても貴族との関わりなんてないのだ。

国の貴族のことなんて詳しく知らない。

そんな俺の態度をご令嬢……ファウマーリ様は大いに嘆いてみせた。

「やれやれ。妾は祖王リョウの三女じゃぞ」

ソオウ？

「この国……ベルスタイン王国を興した方の名じゃぞ。国民のくせに知らぬのか？」

「申し訳ありません」

「やれやれ……」

よくわからないけど貴族を怒らせたかと平身低頭を続ける。

「もうよい。頭を上げよ」

「しかし……」

「そなたに頼みがあるのだ。そのままでは話しにくい」

「は、はぁ」

恐々と顔を上げた。

「ほれ、そこでは寒かろう。もっと火の側に寄れ」

「は、はい」

「ほれ、ここがお前の席だろう」

言われるままに焚火脇の元いた場所に座る。

ファウマーリ様は俺の対面に立って見下ろしている。

立っている？

あれ？

豊かに広がったスカートの下に足が見えないような？

もしかして？

俺がおそるおそる見上げると、ファウマーリ様はにやりと笑った。

途端、彼女の周囲に青い火の玉が現れた。

鬼火？

人魂《ひとだま》？

「無知のようだから教えてやるが、妾の父である祖王リョウは三百年も昔の人物じゃぞ？」

「え？　それは……」

つまり、その娘のファウマーリ様も？

「妾は魔法が得意での。その結果、不死の秘法を手に入れたのだ」

不死の秘法？

それってもしかして、ファンタジー的に言うとアレ？

リッチ的な？

オーバーロード的な？

「そ、それは……」

「怖がる必要はない。別にお前の生気を啜《すす》りたいわけでもない。願いは別のことだ」

「はぁ……」

「先ほど、面白いことをしておったよな？」

「うっ……」

まずい。

見られてた？

「どうやら特殊なスキルを持っておるようだな」

「あ、そ、それは……」

「それはよい。己のスキルを秘密にしたいのは誰でも同じよ」

「あ、は、はぁ……」

「妾の願いはな、先ほどお前が食べていたアレよ」

「アレ？」

「アレはもしや、白米だったのではないのか？」

「あ、は、はい」

「やはりか！」

ファウマーリ様の予想外の喰《く》いつきにびっくりした。

「実を言うとな、ソレを分けてほしくて声をかけたのよ」

「ええ!?　でもなんで？」

「妾の父がな、ずっと食べたがっておったのだ。もう一度、アレを出すことはできるか？」

「は、はい。ちょっとお待ちを……」

勢いに呑《の》まれて、俺は慌てて朝和定食をもう一つ買って取り出した。

「こ、こちらです」

「ほう。面白いな」

四角いお盆に載っているそれを渡す。

「しばし待っておれ」

ファウマーリ様はそれを受け取ると、そのまま消えてしまった。

ほっとしたのも束の間《つかのま》、すぐにファウマーリ様が姿を現した。

「よくやった。これは褒美じゃ」

そう言うと俺に向かって金色の木の実を投げてきた。

両手でキャッチ。

見た目はサクランボみたいだ。

「これは……？」

「食べればわかる。とても良いことが起こるぞ。ああ、そうじゃ。雨具があるならすぐに用意しておいた方がいいぞ」

「え？」

「祖王の喜びのほどを知るがよい。それを為《な》したのはお前じゃ」

そう言うとファウマーリ様は消えた。

今度はもう戻ってくることはなかった。

そしてそれからすぐ、ファウマーリ様の言う通りに雨が降り出した。

急いで【ゲーム】からテントを買った。

３５００Ｌ。

ポーションを売って手に入る予定の儲けがこれでなくなった。

アキオーンは知らない話だが、その雨は一晩凄《すさ》まじい勢いで降っていたのにもかかわらず国内でどこも水害が起きることはなかった。

それどころかその雨を契機に国では近年まれに見る豊作に恵まれることとなった。


「う〜ん」

土砂降りの雨がテントの幕を激しく叩く中、俺は考えていた。

雨のせいで焚火も消えてしまったけれど、テントの中だから意味もない。

くるまった毛布に温めてもらいながら木の実を眺める。

何度見ても見た目はサクランボ。

二股に分かれた細い茎の先に付いた二つの果実。

なにかのサンプルみたいなサクランボだ。

ただし、色は黄金。

本物の黄金ならこの大きさでもそれなりに重いはずだけど、手にした感じは普通の果実。

「さて……どうしようか？」

自問が止まらない。

食べてしまうか、それともゲームの中で育ててみるか。

不死の王（女王？）がくれた木の実だ。

もしかしたら悪いものかもしれない。

何しろ相手はアンデッド。人に害をなす存在だ。

でも感謝されているようにも感じたから良いものである可能性の方が高い……ように思う。

わからない。

「……増やしてみようか」

しばらく考えた末にそういう結論になった。

良いものでも悪いものでもこの世界から【ゲーム】に持ち込んだものが増やせるのかどうか、色々試したくはある。

というか、いまはとにかく【ゲーム】の可能性を探りたかった。

【ゲーム】を起動する。

さっきの続きだから交易所の前にいたので薬草の時と同じやり取りをしてみる。

キーボードで「黄金の木の実」と入力。設定できる買取価格の最低額は１Ｌだった。

以前にゲームの中での損なんて大したことないんだから買取価格を最高額に設定しようかと思ったこともある。

ゲームの中にある大金を現実に引き出してしまおうという考えだ。

でも、やめた。

なんだかそれもずるいよなと思ったのだ。

だから、できるだけゲームの中にも損がないようにしているつもりだ。

ただあまりシビアにする気もない。ハードモードが好きなわけでもない。ノーマルかイージーぐらいで楽しんでいるつもりだ。

誰に言い訳しているのかわからないが、最低額の1Lで売ってゲームの中に移動させる。

試しにこちらに戻すための売り設定にしてみると、最低売値は1Lだった。

「リンゴより安いって」

と苦笑しながら売り設定を解除して果樹園に持っていくとその一角に植えた。

すぐに芽が出たので増やすことはできそうだ。

畑に植えた薬草を見ると、こちらも芽から成長している。

うまくいきそうだと思いつつ、そのまま【ゲーム】の中の領地をメンテナンスしていく。

果樹園の果実や畑の野菜を収穫したり、領地に生えている雑草を取ったり、冒険者を領地の外に派遣して魔物退治させたり、海岸掃除をしつつ釣りなんかしてみたり……。

「これから、どうしようかな？」

ルーティンを行いながら、余裕のある思考を未来に向ける。

いまの自分の希望だと住む場所をランクアップしたいぐらいしかない。

なにをするにしてもお金は多いに越したことはないけれど、このままダラダラと暮らすだけなら週に一回リンゴを売るだけでも問題ない。

だけど、本当にそれでいいのか？

他にはもう、なにもやりたいことはないのか？

「冒険？」

この世界での冒険者、特に荒事が得意でもない連中は鉄等級冒険者と呼ばれ、日雇い労働者と同じ扱いだ。俺もその枠の中にいる。

そのことが悪いとは思わない。

人生なんて楽しんだもん勝ちだと笑っている、俺より年配の鉄等級冒険者だって知っている。

だけど、俺は笑えていない。いなかった。

鉄等級冒険者でいることが不満なのか、他のことが原因なのかわからないけれど、笑えていなかった。楽しめていなかった。


『努力が実られたんですね』


冒険者ギルドの買取カウンターのお姉さんに言われた言葉が頭の中で再生される。

商業ギルドのクールビューティなリベリアさんに名前で呼ばれた時も嬉しかった。

ああ、そうだ。

俺は誰かに認められたい。

承認欲求を満たしたい。

【ゲーム】の能力に気付いたいまこそ、それができる時なんじゃないのか？

むしろ、こんな盛大な能力で背中を押してもらえているのに何もできないなら、俺は本当の意味で何もできないいんじゃないのか？

そうだ。

村から追い出されて王都に流れ着いた時、近い年頃の子たちと話し合った冒険者としての成り上がり……いまさらだけど目指してみてもいいんじゃないのか？

「冒険者と言えば、ダンジョンだよな」

ダンジョンに挑戦して、巨万の富を見つけ出す。

未開の土地を切り開き、そこを自分の領地にする。

そういうことをするのが冒険者だ。

冒険者なんじゃないのか？

「とりあえず、目指して……みるか？」

怖い気もする。

無難な日雇い生活を送ってきているが、それでも冒険者生活二十年以上だ。

怖い目に遭ったのも一度や二度ではない。

その時、自分がどうしたか？

あの時、一緒にがんばった仲間たちはどうしたか？

思い出せば……あの時にも分岐点があったなとため息が零れる。

「でも……目指してみるか」

そう呟《つぶや》いてから、ようやくテントを打つ雨音に慣れて眠ることができた。

夢の中で初めてゴブリンに会った時の記憶を見た。

魔物の一種類。

この世界の人間以外の知的生命体の一つで、人間に対して強い敵意を持つ生物の一つ。

持っている武器も、ほとんどが石斧《せきふ》のような原始的なものばかり。

そんなゴブリンに初めて遭遇したのは、商隊護衛に人数合わせで参加した時だ。

ベテラン二人に俺を含めた十代のなり立て冒険者三人。

俺たちは見張り役として参加していた。

俺たちは同じ年頃で気が合って集まった三人だった。一緒に薬草採りをしたりどぶ浚いをしたりしながら将来の夢を語り合った。

三人でパーティを組んでダンジョンに挑戦するんだと言っていた。

だけど俺はだめだった。

商隊を襲ってきたゴブリンを前にして、戦えなかった。

ビビってしまった。

戦闘はベテラン二人があっさりと片付けたので問題はなかった。

そして、そのベテラン二人が、仲間の二人に見どころがあると言って、商隊護衛の後、連れていった。

それから二人とは話していない。

いつだったか、立派な鎧《よろい》を着て歩いているのを見かけたが、あいつらも俺も、話しかけたりはしなかった。

一度だけ合った視線。

無言のまま逸《そ》らされる視線。

進む者と置いていかれる者の対比。

惨めさがこれでもかと俺の心臓を突き刺してくる。

「ああああああああああ！」

そんなのを思い出して、起きた途端に鬱になってしまった。

おっさんには思い出してはいけないことが多すぎる。

「チクショウ！　見てろよ！」

だけど、そのまま落ち込み続けるようないままでの俺とは違う。

見返してやると心に炎を燃やし、雨の止《や》んだ森の中に飛び出した。

02 おっさんは成長する

それからまた一週間が過ぎた。

商業ギルドでリンゴを卸してリベリアさんのクールな美貌を堪能する。

それから二日に一度ぐらいの頻度で下級回復ポーションを冒険者ギルドで売る。

売る時にはこの前と同じように薬草をフードの子たちや子供冒険者たちから買うようにしている。

儲《もう》けはさほどではないけれど、下級回復ポーションを売るととても感謝されるのでやめられない。

それ以外の日はなにをしているかというと、冒険者ギルドの訓練場にいた。

ギルドの裏手にある空き地がそう呼ばれており、冒険者たちが個人で訓練をしたり、あるいはお金を払って戦い方の講習を受けたりできる。

今日はここで練習に勤《いそ》しんでいた。

講習は昔受けているので、それを思い出しながら練習用の棒を振ったり突いたりを繰り返す。

前に習ったのは野外での戦い方だ。

槍《やり》や棒を使って距離を取った戦いに徹し、潜《くぐ》り抜《ぬ》けられたらそれは諦めてナイフや小剣に切り替える。

教えられたのはあくまで時間稼ぎのための戦い方だ。

いきなり強くなんてなれない。実際に武器が振り回される空間に慣れるには一度や二度の死線は潜り抜けなければならない。

そのためにまずは生き残る戦い方を身に付けろと言われた。

「ふう……」

へっぴり腰でも的に向かって槍を振るのはなかなか疲れる。

ちょっと休憩。

「ようおっさん」

「ああ、こんにちは」

端に座って休んでいると戦闘講習を担当しているギルド職員に話しかけられた。

彼は元冒険者で、片目の負傷が原因で引退してからここで働いている。

俺よりも若いけれど冒険者にはこういう引退もあり得る。

というか、多い。

「最近調子がいいんだって？」

「あはは、まぁ……」

「ポーションを作れるようになったんなら外に出る必要もないだろ？　ガキから薬草買ってポーションを作って売る。いい商売じゃないか」

子供たちから薬草買っているのもばれていた。

まぁ、後ろめたいことではないので別にいいのだけど。

ていうか、意外に見られてるんだなぁと驚いた。

俺なんて、ここにいる冒険者たちの顔はなんとなく知っているけれど、誰が何をしているかなんてほとんど知らない。

引退後でもギルドに雇われるようなできる冒険者は注意力が違うのだと、言われたような気がした。

その講師が俺を興味深く覗《のぞ》き込《こ》んでくる。

「なんでいまさら武器まで覚える？」

「まぁなんていうか……若い頃の気持ちを少し思い出したので」

「ぶっ……わはははははは！」

「笑うことはないでしょう」

「いや、悪い悪い。でもま、嫌いじゃないが無茶《むちゃ》はするなよ」

「わかっているよ」

少し気恥ずかしくなりつつも、むくれるのも年甲斐《としがい》もない。

とはいえ笑い続ける講師は憎らしいので軽く睨《にら》んでいると、訓練所に誰かが入ってくるのが見えた。

見たことのない連中だった。

年若い女性を中心にした五人組のパーティだ。

女性の整った顔立ちが目を引く。

というか、パーティ？

「あの連中は？」

「さあな。新顔……っぽくもないが」

講師の感想は俺と似ているようだった。

とはいえ彼が知らないのだとすれば本当に新顔なのだろう。

女性冒険者は多いが、だいたいは日雇い働きのために登録しているだけだ。

彼女のように腰に剣を佩《は》いた堂々とした出で立《いた》ちというのは珍しい。

服装が見るからに金がかかっている。

先日会ったファウマーリ様のことを思い出し、もしかして貴族の令嬢なのだろうかと思った。

周りの仲間たちも彼女ほどではないにしろ装備の質が高い。

というか、全員が鎧《よろい》を身に纏《まと》い剣を佩いている。

少々、バランスが悪い。

騎士の集団と言われた方が納得できる。

冒険者をしに来たわけではないのかもしれない。

「まぁ俺には関係ないか」

なんとなく気が失《う》せたので、今日はそのまま冒険者ギルドを出た。

風呂屋に行って汗を流す。

風呂と言ってもサウナ風呂だ。体に張り付く湿気と一緒に汗を流してさっぱりしてから宿に戻る。

「おっさん！」

今日は夕食をどうしようと考えているといつもの子供たちが話しかけてきた。

「今日は買い取ってくれないのか？」

「ん、ああいいよ」

とはいえ、いつもは森の近くで受け取ってそのまま森の中で隠れてすぐに【ゲーム】に入れていた。

人目の多い街中でそんなことはできない。

「だけどいま袋を持ってない。宿まで付いてくるならね」

「あの安宿だろ？　いいぜ」

リーダー格の彼を見ていると昔一緒にいた仲間のことを思い出す。

自分の苦い記憶を思い出しつつ、この子たちは全員、ちゃんと冒険者として成功してほしいなとか考えてしまう。

冒険者じゃなくても、ちゃんと生活できるように自立できればいい。

そんなことを考える余裕ができている自分にむず痒《がゆ》さも覚えつつ……偉そうなことを言っているが、自分だってまだ安宿暮らしだと自戒する。

急な変化で自分の気持ちが騒がしすぎる。

もっと落ち着かないと。

子供の時のような若い気持ちを思い出しているからといって、行動や思考を感情に左右されすぎているのは大人らしくない。


宿で薬草を受け取って子供たちに別れを告げる。

彼らは個人部屋ではなく大部屋を借りている。

そろそろ武器を見繕えそうだと嬉《うれ》しそうに話していた。

１００L《リーン》ばかりの得とはいえ、彼らの夢に貢献できているのだと考えるとやはり嬉しい。

俺も負けていられない。

部屋に戻ると【ゲーム】を起動して薬草をそちらに移すとポーションをクラフトする準備に入る。

畑の一角を植え替えて定期的に薬草を二十個採れるようにしたので、そちらも回収してからクラフト。

それから他にも色々と【ゲーム】内の用事を済ませていく。

そうしていると外はすっかり暗くなってしまった。

「……いまから食べに出るのも億劫《おっくう》だな」

【ゲーム】の中から取り出すか。

なにを食べようかと考えつつ作り置きしている倉庫を確認している時にふと思い出した。

そういえば、ファウマーリ様に貰《もら》った木の実はそろそろ実っているのではないだろうか？

果樹園に移動して確認すると、できていた。

「実ができるまで一週間か。最長だな」

立派な大樹に三つの木の実が生《な》っている。木を揺すって実を回収して、交易所へ。

「念のために一つは残しておくとして……」

二つ購入。２Ｌ也《なり》。

黄金のサクランボが二つ。

「金……玉……」

ふっと、どうでもいい下ネタが頭に浮かんだ。

「いやいや……」

頭を振って、いざ実食。

口に含んでみると中に種がなかった。少しカリッとする食感で、口の中に芳醇《ほうじゅん》な甘さが広がり、アクセント程度の酸味が走る。

前世で食べたもらい物の高級サクランボを思い出した。

「美味《うま》い」

ただの美味《おい》しい木の実だったかと思いつつ二つ目も口に入れる。

味だけで言えば葡萄《ぶどう》と桃の方が美味い。


……と。

《ドッドルルルルルルルルルルルルル……》

「な、なんだなんだ！」

いきなり頭の中でドラムロールが鳴り響いた。

しかも輪唱のような感じで二重で聞こえる。

凄《すさ》まじくうるさい。

痛くなるぐらいだ。

頭を押さえて我慢していると、最後に破裂音が二つ聞こえ、そしてファンファーレもまた二重で聞こえた。

《おめでとうございます。ステータスアップ！　力＋1をゲットです！》
《おめでとうございます。スキルゲット！　夜魔デイウォーカーを獲得しました!!》

そんな声が頭に響いた。
俺は、しばらく茫然《ぼうぜん》とした。
能力が上がったのは、いい。
いや、びっくりしているけど、とりあえず、いい。
いわゆる某有名ＲＰＧの○○の実みたいなものだったということだから。
それを増やす手段を手に入れたのだと考えると、すごくラッキーだ。

でも……。

二つ目の声はどういうことだ？
「や、夜魔デイウォーカーって……」
なんか、聞いたことがあるな。
デイウォーカー？
ちょっとマイナーな感じの呼び名。
なんの作品だったかな？

そうそう……『ブ〇イド』とか『吸血鬼〇ンターD』とか……。

「吸血鬼……」

その言葉が繋《つな》がったからなのか、それともスキル名を口にしたからなのか……。

口の中に違和感が生まれて手を当ててみると、犬歯が立派な牙に成長していた。


次の日。

怖々と外に出る。

太陽の光を浴びても特に何もないことにほっとしつつ、王都を出て森に向かう。

立派な犬歯はあれからすぐに消えてなくなったとはいえ、怖いものは怖い。

「おっさん！」

途中でいつもの子供たちに遭遇した。

「あ、ははは……おはよう」

「なんだよおっさん、元気ないな」

「ちょ、ちょっとね」

「おっさん、いい年なんだから体に気を付けろよ」

「う、うん。ありがとう」

「今日も薬草買ってくれよな！」

そう言うと、仲間たちと共に森に入っていく。

彼ら以外にも続々と森に入っていく人々がいる。

フードの子たちも発見。

俺と目が合うと小さく手を振ってから去っていった。

下級回復ポーションの材料となる薬草の繁殖力はすごい。普通でもすごいが、雨でも降ればさらにすごいことになる。

先日の大雨で森の薬草は大繁殖しており、それを目当てにする人たちでいつもより多いぐらいだ。

そんな人たちの目を避けるようにして、森に入る。

「ファウマーリ様〜」

いつもより深くに入り込み、それでも周りの気配を気遣って小声で呼んでみる。

反応はない。

「やっぱり、夜じゃないと無理か」

そう思って薬草を採りつつ時間を潰す。

そうこうしている間に夕方になり、森の外で子供たちといつものやり取りをしてから再び森に入る。

陽《ひ》が完全に沈み、王都の門が閉まる時間は過ぎた。

真っ暗な森の中なのに、俺の目は森を見通している。

なんか胸とか頭の中に慣れない感触がある。

もしやと思って口の中を舌で探ると自己主張の強い犬歯が生えていた。

これ、ほんとにやばいかも！

「ファウマーリ様、いらっしゃいませんか!?」

「なんじゃ？」

「うひゃっ!!」

必死になって呼んでいると、いきなり背後で声がして飛び上がるほどびっくりした。

「呼んでおいてその態度はなんじゃ？」

「いきなり後ろはやめてください」

「くくく、悪いの。お前はなんだか、驚かせ甲斐があるからな」

「そんな……」

「それで、どうしたのじゃ？」

「あ、あの……それが……」

と、黄金の木の実を食べてからのことを説明をした。

「わははははははは！」

「な、なんで笑うんですか？」

「いやぁ、お前は面白いなぁ」

「面白くないですよ」

「わははは……いや、あれは『神の無作為の愛』という実でな。食せば色々なものを与えてくれると言われておる。まぁ、そのほとんどが能力を少々強くしてくれるという程度なのじゃが……万に一つ、億に一つの確率でスキルも手に入るそうじゃ」

「は、はぁ……」

「に、しても面白いの。デイウォーカーを種族ではなくスキルとして手に入れるか。くっくっく……」

「あのデイウォーカーというのは」

「うむ。夜魔の一族、吸血鬼の亜種じゃな。吸血鬼でありながら太陽の光を恐れぬ希少な存在だ」

「つまり……俺は人間じゃなくなったということですか？」

「いや、だから言うたであろう？　スキルとして獲得しておると」

「は、はぁ？」

「むう。説明が面倒じゃな……」

そう言うと、いきなり何かを呟《つぶや》き出した。

「うへぇあ!?」

途端に、俺の周りで光が走る。

それは複雑な図形を描いていた。

もしかして、魔法陣というもの？

「いいから受け入れろ」

ファウマーリ様の言葉の後、光が俺に向かって飛び込んできたような気がした。

それで、光が消える。

「あ、あの……なにが？」

「魔法を授けた」

「へ？」

「鑑定の魔法じゃ。自分に使ってみろ」

いきなりそんなことを言われてもと思ったけれど、不思議とどうすればいいのかわかった。

スキルと一緒だ。

なぜか、自分にはそういうことができるとわかってしまっている。

「か、鑑定」

自分に向かって鑑定を使うと立体モニターのようなものが現れて情報が羅列される。

【ゲーム】を使った時の画面と同じような感じだ。

名前：アキオーン
種族：人間
能力値：力10／体7／速5／魔1／運1
スキル：ゲーム／夜魔デイウォーカー
魔法：鑑定

「うっ……」

確認したけれど眩暈《めまい》を感じた瞬間に文字は消えた。

気が付くと、ファウマーリ様がお腹《なか》を抱えて震えていた。

「お、お前……魔力と運が1って。1って……」

ファウマーリ様は笑っていた。

「それに、他の能力もひどすぎるぞ。わははははは！」

「うう……」

数字の基準はわからないが、こんなに笑われるということは低いんだろう。

魔法がすぐに消えたのは「魔」が1だったのが原因か？

「……ふぅ。とにかく、鑑定の結果でもわかるように種族は人間のままじゃ」

「あ、はい」

落ち着いたファウマーリ様が説明を再開してくれた。

「夜魔デイウォーカーをスキルで得たということは、自分が望むときに吸血鬼の力を使うことができるということじゃな。どんなことができるのかは、自分で確かめてみろ」

「あの……それじゃあ血とか飲まなくても、いいってことですよね？　他のものも食べられるって……」

吸血鬼になったのならもう血しか飲めないのではないか？

それが心配で、昨日の夜から何も喉を通っていなかった。

「そんなもの、試してみればよかろう」

「え？　あ……」

「この間の白米の食べ物を出せ。妾《わらわ》と父様の分もな」

「は、はい」

「どうせなら違う料理にせよ」

え、ええとそれなら……あ、とんかつ定食があった。

これを三つ。一つ350L。

朝和定食より少し高い。

「はい。どうぞ」

差し出すと、二つの盆がファウマーリ様の前で浮く。

「うむ。ではな。貸し一つじゃからな」

「え？」

「相談に乗った。さらに魔法を一つ授けた」

「あ……」

ファウマーリ様の指が二本立てられ、すぐに一本たたまれた。

とんかつ定食で貸しは一つ返したということらしい。

「相談はともかく、魔法の貸しはでかいぞ。いずれ、妾のために働いてもらう」

「あ、う……はい」

「それまでに、存分に鍛えておくがいいぞ」

にやりと意味深に笑ってファウマーリ様は消えてしまった。

存分に鍛える？

きょとんとしている間にいなくなってしまったので尋ねることもできない。

だけどすぐに、はっとした。

「もしかして、増やせることに気付かれているのかも」

そう思いつつ、もしかしたらと思って【ゲーム】からテントを出した。

前に使ったのを【ゲーム】に買い取ってもらっていたのだ。

同じ値段でやり取りすればアイテムボックスみたいな使い方ができると気付いて、いまのところうまくいっている。

テントに潜り込み、とんかつ定食を食べる。

和がらしの混ざったソースの味が染みる。

美味い。

食べられる。

懐かしさと良かったという安堵《あんど》とからしの鼻を突く感触が混ざって涙が出た。


その後、予想通りにまた雨が降った。


それからしばらくはなにもない日が続いた。

【ゲーム】の果樹園を拡張し、黄金の木の実……神の無作為の愛とか長すぎるので黄金サクランボと呼ぶことにした果実の木を増やしつつ、それを食べて能力を上げていく。

あれ以来、スキルの獲得はなく、能力値だけが増えていった。

とはいえ、こっそり鑑定した冒険者ギルドの講師の能力を見て、改めて自分が弱いのだと数字の比較で突きつけられてしまった。

ちなみに講師のステータスがこれ。

名前：コシール
種族：人間
能力値：力35／体33／速20／魔7／運9
スキル：槍術《そうじゅつ》補正＋3／戦術眼／講師＋1／痛覚耐性

力だけでも20以上の差があった。

それともギルドの講師になるような実力者でもこれぐらいと考えるべきなのか。

とりあえず、講師の能力値を目指すという目標ができたので、黄金サクランボを増やす作業をがんばる。

とはいえ、なんの能力が上がるのかはランダムなので気楽にやっていこう。

「すまない。少しいいか？」

いつものように冒険者ギルドの買取カウンターでポーションを売ってロビーに戻っていると声をかけられた。

見れば、いつだったか訓練所で見た鎧姿のお嬢さんだ。

「この男を探しているんだが、知らないか？」

そう言って手配書のような似顔絵の描かれた紙を見せてきた。

いやこれ、本当に手配書だ。

生死問わずで５０００００００Ｌ……？

ええと、一、十、百、千……。

５００万Ｌ!?

「なっ？　これ……」

「知っているのか!?」

「あ、いえ、ごめんなさい！　額がすごくて！」

「……なんだ」

すごい食い付きから一転して氷点下のまなざしを突き刺された。

「金に目が眩《くら》んだのならちょうどいい。よく顔を覚えておけ」

「は、はい」

言われて、顔を確認する。

ぼさぼさの黒髪で、目付きの悪い男だ。

うーん。

「知っているか？」

「いえ、知っているような……知らないような？　いや、たぶん知らないかと」

どこか覚えがあるような気がしたけど、記憶に合致したりはしなかった。

よくある顔だろうか？

冒険者って、基本みんな薄汚いからな。

そもそもお湯を使った風呂は贅沢品《ぜいたくひん》で、一般庶民はサウナ風呂なのだ。石鹸《せっけん》なんかも高いので洗濯以外だとあまり使われない。

「この手配書はギルドの掲示板にも貼ってある。毎日確認しろ」

「あ、はい」

「生きていようと死んでいようと、私のところに連れてくれば５００万L。捕まえる自信がなければ情報を持ってきてもそれなりに支払おう」

「わかりました。あの……」

「なんだ？」

「その男は、なにをしたのですか？」

興味本位で聞いてみた。

すぐに後悔した。

氷点下のまなざしだったお嬢さんの顔立ちが、般若《はんにゃ》に変わった。

「兄を殺したのだ」

「………………はい」

俺は存在自体が縮こまり、お嬢さんが去るまでそうしているしかできなかった。

「ああ、怖かった」

お嬢さんがギルドを出たのを確かめてから、ようやく息を吐《つ》けた気がした。

それにしても、兄を殺した犯人を追っているのか。

敵討ちなんて時代劇の世界みたいだなと思いつつ、そんなことに情熱を燃やせる気持ちがわからなかった。

こっちの世界では口減らしで放逐されているし、あっちでも天涯孤独みたいな身の上だったので、家族の情というものがいまいち理解できない。

そういえば、ハリウッド映画は家族をテーマに使うのが好きだったな。

膨大な予算で作られたアクションパートは大好きだったが、無理矢理《むりやり》にでもねじ込んでくる家族間のドラマがどうにも好きになれなかった。

それは別にハリウッドだけじゃなくて、邦画や日本のドラマなんかでもよく見た。ただ、国内は家族よりも男女の恋愛の方が好物だったような気がするけれど。

「俺も家族がいればあんな気持ちになるのかな?」

いや、失ってあんな顔をしないといけないようなことになるのなら、持たない方が幸せなのかも。

「……まっ、モテない男がそんなことにビビってても仕方がないか」

そんなことを呟いて気分を切り替える。

足は習慣で掲示板に向かっていた。

リンゴとポーションで儲けられるようになってから、依頼札の貼られる掲示板にはあまり行かなくなっていた。

とはいえ長年の習慣はそう簡単にはなくならない。

どうせ来たのだから、たまには他の依頼をこなしてみるのもいいかもしれないなどと思いながら依頼札の内容を眺めていく。

「…………………うん」

ちょっとかっこつけた気持ちで眺めているが、俺にできるのはどぶ浚《さら》いとか金持ちの家の庭掃除の手伝いとか便所の糞尿《ふんにょう》集めとかなのだっていうことを思い出した。

うん、まったくかっこよくない。

街の外に出て商隊護衛とか人里に近づいてきた魔物退治とかダンジョン探索とかは……行きたいけどまだまだ実力不足。

うん、もうちょっと鍛錬しよう。そうしよう。

でも、こういうところで颯爽《さっそう》と依頼札を取る姿には、憧れるよなぁ。

「おっさん、ちょっといいか」

「へ？」

理想と現実に打ちのめされながら依頼札を眺めていると、若い冒険者のパーティに声をかけられた。

「前に荷物持ち頼んだろ？　覚えてないか？」

「ああ、ああ」

思い出した。ダンジョン遠征に行くために準備した荷物運びを手伝ったことがある。

あれは滅多《めった》にない遠出だったなぁ。

「お久しぶり。こっちに戻ってきてたのかい？」

「まぁな」

「ダンジョンばっか籠もってると太陽が懐かしくてよ」

「新鮮な空気も恋しい」

「休養がてら王都に戻ってきたの」

若い冒険者パーティが一斉に話しかけてきて困った。

「体を休めるために王都に来たんだけど、ダラダラするだけってのも金が減るだけだし体も鈍《なま》るばっかりだからさ、軽い仕事でもしようと思ったんだけどさ」

と、リーダー役の青年がすでに取ってある依頼札を見せてきた。

「商隊護衛？　最低人数五人から？」

王都から近くの街までだ。片道三日。危険手当別。

「報酬はちゃんと五等分して９０００Ｌだ。どうだ？　危険手当は、おっさんは見張りだけしてもらうつもりだからなしでいいか？」

若い冒険者パーティは四人組だから俺を人数合わせに使いたいようだ。

一人足りないは厄介なのだ。

日雇い冒険者の一人働きはたくさんいるが、戦える冒険者が一人なのは、協調性がなくて一人で活動しているという可能性が高い。

強いけれど戦いの最中仲間のことを考えないとか、戦い以外で仲間とのコミュニケーションがうまく取れないとか、そういう爆弾を抱えている人物の可能性が高いのだ。

……ということを、酒場で隣のテーブルの誰かが愚痴っていたのを聞いたことがある。

だからこの若い冒険者パーティとしては、連携が取れるかどうかもわからない強い冒険者よりは、使えなくても多少は気心が知れている俺で人数を埋めておきたいのだろう。

うん。

わかってる。

使えなくてもって思われてるんだろうなぁ。

俺は王都に戻ってくるつもりだから。向こうで戻る道すがらの仕事を見つけられなかったら日給は１５００Ｌということになる。

いまだとあまりおいしい仕事でもない。

でもないけど、なにもなければ歩いたり座ったりしているだけで一日１５００Ｌ得られる仕事でもある。

「わかりました」

「やったぜ。ちょっと待っててな」

嬉しそうにリーダーが受付に依頼札を持っていく。

出発は明日の朝ということで、集合時間を決めてこの場は解散となった。

久しぶりに王都を離れる仕事を受けたので、冒険者ギルドを出ると予定を変えて商業ギルドに向かい、いつもより早いがリンゴと、次に持ってくる予定の葡萄を十個ほど持っていった。

葡萄を食べたクールビューティ・リベリアさんの表情は劇的だった。

「一房２０００Ｌで買います」

「へ？」

「足りませんか？」

「い、いえ、それでいいです」

交渉したらもっと上がりそうだったけれど、クールビューティの迫力に負けてしまった。

ていうか2000L。リンゴの四倍。

買値はリンゴと一緒なんだけど、それは絶対に口にしちゃだめなやつだと肝に銘じておこう。

「アキオーンさんのリンゴは貴族や富豪の間で大人気なんですよ。今回も絶対にそうなります！」

「よろしくお願いします」

目を輝かせるリベリアさん。

やっぱり買っているのはそういう層なんだと思いつつ商業ギルドを後にする。

その後は保存食を買ったりと準備で時間を潰しつつ子供たちを待って薬草を買い取り、しばらく王都にいないから買えないことを告げる。

残念そうだったけれど、ちょっとやってみたい仕事があるからその間はそれに挑戦すると言っていた。

向上心が眩《まぶ》い。

フード娘たちにも同じように告げておく。

だが、こっちは心配なさそうだ。

彼女たちは薬草売りで集めた資金で道具を揃《そろ》え、書写の依頼を受け始めたのだという。

この世界は複製とか印刷とかの技術がまだ未熟だから、本は貴重品だ。

それに識字率もそれほど高くないので、大人になっても読めない書けないという者も田舎《いなか》だとそこそこいたりする。

都市部になると読めない人間はそれだけで食い物にされたりするので、ある程度は読めるようになるけれど、書く方はだめな人間はかなりいる。

ちなみに俺は読めるし書ける。いまの俺になってから読み書きができないのはまずいとがんばって覚えた。

ただ、書写の仕事をしようと思ったことはなかった。

むしろフード娘たちの話を聞いて目から鱗《うろこ》だった。

そうか、そんな仕事があったかと……。

なぁなぁで生きていたなと反省。

まぁ……いまさらいいよね？

俺、字がそんなにきれいなわけじゃないし。

フード娘たちには別れ際に葡萄をあげた。

自分の部屋に戻ると夕食だ。

【ゲーム】を起動させて何を食べようかと迷った末にハンバーガーセット２００Ｌを購入。

なんとフライドポテトとコーラが付いてくる！

とんかつもそうだけど油をたっぷり使った揚げ料理は贅沢品だ。それに炭酸飲料まで付くなんて……。

ていうか、炭酸飲料って……いまだと酒よりレアじゃないか？

これはやばいものを見つけてしまった。

デブらないように気を付けなければ。

食べ終わると起動したままだった【ゲーム】を動かして、槍と小剣、それに革胸鎧を購入。全部で1万L。

この【ゲーム】では武器や鎧は作れるけど、自分で使うことはできない。ファッションとして着ることはできるけど、そもそも危険地帯に行くことができないのだ。

だけどモンスター襲来などのイベントで領地を荒らされたりすることがあるので、雇った冒険者に装備を託し、魔物を退治してもらったり、冒険に出して素材を回収してもらうなどする。

その素材からまた強い武器を作ったりする。

五年間もやり込んでるんだから武器も色々ある。たとえば竜の素材で作ったのとかもあるのだけど……。

「俺がそんなの持ってたって宝の持ち腐れだし」

むしろ、そんなレアなもの持ってたら、逆に命を狙われたりしそう。

【ゲーム】から出した槍と小剣にしたって、王都の武器屋で見かけるものより出来がいいような気がする。

「せいぜい、邪魔にならないように立ち回るだけでいいしね」

そんな考えの奴に伝説級の武器なんていらない。

それに、商隊護衛だと昔のトラウマが刺激される。

あんなことにはならないように、まずはそれだけを考えよう。

そう心に念じながら、【ゲーム】での日課をこなしつつ黄金サクランボを食べる。

拡張された果樹園に植えた黄金サクランボの木は五本。

これ以上の拡張予定はないので十五個のサクランボを毎日食べることができる。

頭の中がめっちゃうるさくなるのは我慢。

ひたすら我慢。

それだけで能力値が上がるのなら安いものである。

目標にしている冒険者ギルドの講師のステータスに追いつくのはわりとすぐかもしれないと思いつつ、眠った。


翌朝。

革胸鎧を着こむのに少々手こずりつつもなんとか彼らよりも早く集合場所に着くことができた。

集合場所は王都の門前。

すでに出発前の旅人や商隊らしき荷馬車が列を作っている。

「おっさんお待たせ！」

「お、良い装備してるじゃない！」

「はは、おはよう」

若い冒険者パーティ……そういえば彼らのパーティ名は『風切り』だったかな？

「それで、護衛対象の方々は？」

「ああ……ええと……」

『風切り』のリーダーが馬車の列に視線を飛ばす。

荷馬車には色々な目印がある。色が付いているだけの布が巻かれていたり、馬車の側面や幌《ほろ》になんらかの印が描かれていたり、商店のマークという場合もある。

「ああ、あれだ」

リーダーが指差したのは俺でも知ってるぐらいに有名な商店の荷馬車だ。

幌の付いた荷馬車は二台並んでいた。リーダーは先頭の御者に近づいて挨拶する。

お互いに確認が取れたようだ。

急ぎの便らしく護衛の冒険者も荷馬車に乗っていいらしい。

「お前、アキオーンか？」

「え？」

指定された後ろの荷馬車に移動していると、その御者が俺の名前を呼んだ。

すぐには誰だかわからなかった。

首を傾《かし》げていると、向こうが名乗る。

「久しぶりだな。俺だよ、ウィザーだ」

「え？」

ウィザー？

「は？　ウィザー？　あのウィザーか？」

「そうだよ。ウィザーだよ」

そう言って、老けた顔で笑っているのが信じられなかった。

トラウマが刺激される。

最初の仲間。

そして商隊護衛の後で俺を置いて他の冒険者に付いていった、仲間だった人物。

「え？　だって、お前……」

「このザマだよ」

そう言ってウィザーが自分の足を叩《たた》く。

こちら側からは見えにくかった右側の足。

よく見ると、膝から先がなかった。


「知り合いか？　無駄話ばっかするなよ」

「はは、わかってますよ」

前に乗る御者に注意されて、ウィザーが下手に出て笑っている。それを見て俺は我に返ると馬車に乗り込んだ。

向こうの方が年若いが、この仕事の歴は長いのだろう。

こっちも人のことは言えない。

「じゃあ、俺は後ろを見てますよ」

『風切り』に声をかけると、「おう」と返事が来た。

俺の方も戦闘は役立たずなので見張りをがんばらないとならない。

王都を出る手続きが終わり、門を越えて出発する。

荷馬車の中には樽《たる》が一つあるだけだった。

前の馬車を覗いてみると、そちらも同じようだ。

なんだか変だな。

こういう場合、馬車一杯に荷物を載せるのが普通ではないだろうか？

首を傾げつつ、遠退いていく王都を荷馬車から眺める。

背後のことが気になってしまう。

ウィザー。

冒険者になるしかなかったあの頃に苦楽を共にした一人。

そして、もう一人と共に、ある日突然に俺を置いて去っていった一人だ。

いつだったか立派な鎧姿を見ているので成功しているのだなと思ったのだけど、そうか、片足を失って辞めてたのか。

冒険者ギルドにいる講師も片目を失って引退した。

そういうものなんだろう。

「あまり深く考えない方がいいよ」

そう言ったのは同じ荷馬車に乗った『風切り』のメンバーだ。

「え？」

「あの人、おっさんの知り合いなんでしょ？」

「ええ、まぁ」

「片足なくして引退？」

「みたいですね」

「うん、まぁ、そういうことはあるよ」

「ありますか」

「そうそう。ほら、これ見なよ」

そう言って彼が右手を見せてくれた。

人差し指から小指にかけて荒々しい古傷の痕がある。

「これさ、ダンジョンで戦ってる時にできた傷だよ。指が落ちちゃった」

ぎょっとして視線を上げると、彼は飄々《ひょうひょう》と笑っていた。

「僕って弓が武器だからさ。ていうか利き手が使えなくなったらいろんなことが終わるよね。だから高いお金を払ってくっつけてもらったよ。おかげで貯《た》めてた金が全部消えちゃった」

笑いながら言うけれど、これはもう笑うしかないから笑っているという雰囲気だった。

あるいはもう過ぎ去ったことだから笑えるのかもしれない。

「欠損回復の魔法は時間が経《た》つほど難易度が上がる。つまり値段も高くなるってことだよ。仲間に回復魔法の熟練者がいなかったら、高位回復魔法の使い手に高い金を支払わなくちゃならない。一番安い時に支払えなかったら？　働けない冒険者がどうやって稼ぐのさ？　つまり、次の働く先が見つかってるだけ、あっちのおっさんは運がいいってことだよ」

「そうですね」

なんだろう？

慰められてる？

もしかして、昔の仲間が落ちぶれているのを見てショックを受けたとか思われてる？

どうなんだろう、自分？

ショックを受けているのだろうか？

どこかでうまいことやっているんだろうと思っていた知り合いが、実は失敗して落ちぶれていた。

そのことに驚きはしている。

だけど、驚きすぎて、そのことを悲しんでいるのか、喜んでいるのかわかっていない。

そんな心境な気がする。

考え事をして『風切り』の人を放っておくわけにもいかない。

「そういう人をたくさん見てきたんですか？」

「そりゃね。ダンジョンは儲かるけど、やっぱり危ないからね」

「でもね、ダンジョンに挑戦できるのは、日雇い冒険者からしても羨ましい話ですよ」

「おっさん、いい年してるのに子供みたいなことを言うね」

「ははは……」

子供みたいなことを言えるようになったのは自分のスキルのすごさに気付けたからだろう。

そうだ。俺はいまこの歳《とし》になってようやく前に進みたい子供の気持ちになれているのだ。

後ろを見ている暇なんてない。

話していたら、よくわからない暗い気持ちが少しは晴れた気がした。

商隊護衛の最初の夜になった。

たとえ急いでいても馬を休ませなくてはならないので休憩はどうしても必要になる。

そして、長年人々が行き来してきた結果、道々には休憩するための広場が自然と出来上がっている。

俺たちの商隊もそこに停《と》まった。

大勢でいた方が魔物からの襲撃はされにくい。

魔物だって襲いにくそうな存在には襲ってこない。

とはいえ、一緒にいる人間が信用できると決まっているわけでもない。

だから、他の馬車や旅人と肩を寄せ合うようなことはしない。

微妙な距離感を保って小集団がいくつも形成されることになる。


簡単な食事を済ませてから見張りの順番を決める。

俺は深夜から朝にかけて。

戦闘は期待されていないので長めに見張りの時間を割り当てられた。

長い退屈な時間が始まった。

こっそり取り出しておいた黄金サクランボをこそこそ摘《つま》みながら辺りを窺《うかが》う。

脳内ドラムロールやらなんやらがうるさいけれど、慣れてきたからか頭痛はそんなにしなくなった。

あちこちに焚火《たきび》があるせいで、広場の外が余計に暗くなる。

スキル【夜魔デイウォーカー】をオンにすれば夜目が利くようになるのはわかっているけれど、さすがにこんなに人がいる中でそれをして立派に育った犬歯を見られたくはない。

休憩所から少し離れたところには山がある。

ゴブリンが降りてくるとしたらあの山からだ。

だけど、そこだけ見ているわけにもいかない。

脅威が魔物だけとは限らないからだ。


〝一か所を気にしすぎると他がおろそかになるぞ〟


かつてそう教えてくれたのは、熟練の先輩冒険者だった。

昔、同じように商隊の護衛依頼に人数合わせで参加した時に、その彼に見張りのコツを教えてもらった。

一方を気にしすぎると他がおろそかになる。それぞれの耳と目でそれぞれの方向の情報を拾え。

では、頭の後ろは？


〝そのために首があるんだろう？　動かせ〟

言われたことを思い出し、首を動かして周囲の情報を拾っていく。

静けさの中にあるわずかな音。
薪《まき》の爆《は》ぜる音。
服の擦れる音。
小さな話し声。
足音。
「ん？」
異音が混ざった気がした。
休憩場から山の間は手入れなどされていなくて雑草が生い茂っている。
そちらが動いた？
気にしつつも、そこだけを見ないようにする。
ただの風の可能性もあるし。
だけど、風ではなかった。
雑草の隙間から、それが見えた。
「ゴブリンだ！」
雑草から顔を出した緑色の顔を見つけて俺は叫んだ。
俺の叫びに合わせて冒険者たちの動く音がした。
ゴブリンたちも飛び出してきた。
緑色の肌に十歳前後の子供ぐらいの背丈に痩せぎすの体。
頭髪はなく、無駄に大きな目が闇の中で光っている。

ゴブリンたちは木を削っただけの槍やこん棒、石を蔓《つる》で括《くく》り付《つ》けた斧《おの》を持って襲いかかってくる。

「ゴブリンだ！　ゴブリンだ！」

俺はひたすら叫びながら槍を構え、先陣を切って向かってくる一体に突きを放った。

当たった。

槍はゴブリンの胸に刺さり、背中に抜けた。

当たった。

倒せた。

実は魔物を倒したのはこれが初めてだったりする。

冒険者歴二十年以上で初めての魔物退治。

……なんて感慨に浸ってる場合じゃない。

「気を抜くな！」

『風切り』のリーダーの声とともに正気に戻り、槍に刺さったゴブリンを足で押さえてから引き抜く。

ゴブリンはすでにたくさん近づいてきていた。

「突くより叩け！」

リーダーの声で、講師も同じようなことを言っていたと思い出した。

なにかに刺さって身動きが取れなくなるぐらいなら叩きまくれと。

脳内の言葉に従って叩いたり振り回したりする。

「ゲグッ！」

「ギャッ！」

頭を叩かれ、首を払われたゴブリンたちが倒れていく。

そのあまりに簡単な結果にびっくりしていると、他のゴブリンたちの動きが鈍くなり、俺に近づくのをやめた。

倒せないから慎重になった？

あ、囲んで一気に来るつもりか？

だけど、その思惑は完成しなかった。

足を止めたゴブリンたちが横からの衝撃で倒れていく。

矢だ。

「はい、お待たせ」

射手の彼の声が届いた。

「大活躍だねおっさん。僕がとどめを刺すからそのままがんばって」

「他の人は？」

意外に戦えている自分にびっくりしているけれど、話をしたら弱気が顔を覗かせた。

だというのにがんばれ？　話が違う！

……いや、そもそも戦わなくていいのに飛び出したのは自分か。

あはは……。

「ちょっと、大騒動みたいだから。ここは僕らががんばらないと報酬ももらえなくなるよ」

「はぁ!?」

どういうことなのかと思ったが、目の前のゴブリンたちから目を離すこともできない。目の前に現れてしまったら、もう他を気にするなんてできない。

「くそう！　もう！　えい！　この！」

こうなったらやってやると、ひたすら槍を振り回しまくる。

「はは！　おっさん、すごいすごい！」

射手の彼に褒められ、その矢が敵を屠《ほふ》っていくのを目撃しながら戦っていると、やがて周りで動いているゴブリンはいなくなった。

「はぁはぁ……」

「おっさん、悪いけどまだ休めないよ」

「ええ!?」

「ほら、戻ってきて荷馬車を守って」

言われた通り荷馬車に戻ると、そこら中が大騒ぎだった。

夜の休憩場でゴブリンの集団が暴れ回っている。

とはいってもどの馬車にも護衛がいるし、ゴブリンは弱い魔物だから苦戦している様子はない。

けれど、いきなりの大量の出現に混乱はしている様子だった。

「おっさんおつかれ」

こちらの荷馬車に寄ってくるゴブリンを斬り払いながらリーダーが近づいてきた。

「おっさんのおかげでこっちは早くにまとまることができた。このままなら被害なしだ」

「こんな襲撃は初めてですよ」

いる。

「俺もだよ」

護衛歴はそれほどでもないが、ゴブリンの襲撃なんて多くて十体ぐらいだ。

なのにこれは、どう見ても十体以上……もしかしたら百体とかいるんじゃないかと思うぐらいにいる。

「確かにおかしいんだよな」

リーダーも気にしている様子だ。

「おっさん、こうなったら危険手当もしっかり五等分だ」

「ええ!?」

「ゴブリンだけじゃなく、他にも気を付けて見ててくれ」

そう言い残してリーダーが近づいてくるゴブリンの集団に向かっていく。

ゴブリンだけじゃなく?

つまり、何らかの作為を感じているってこと?

なら、なにか狙いがあってこうしたっていうことだけれど。

「おい!」

「うひぇ!」

いきなりの声に背中がビクンとした。

「ウィザー?」

聞こえてきたのは、たぶん、そうだ。

そちらを見ると、荷馬車の中に入り込もうとしていた誰かを見咎《みとが》めている。

俺がいた後ろ側からではなく、御者側の方から。

「ぐあ！」

次に聞こえたのはウィザーの悲鳴だった。誰かはウィザーを押《お》し退《の》けて御者席側から荷馬車の中に上がり込んだ。

俺は荷馬車の後ろから中に入った。

「そこで止まれ！」

槍を構えて叫ぶ。

「…………」

対するそいつは顔を隠していた。

ターバンみたいな黒い布をぐるぐる巻きにして目だけ出している。

あちこちに火があるとはいえ、幌の張られた荷馬車の中まで明かりはなかなか届かない。相手の姿はほとんど影に呑《の》まれている。

こんな状態だと相手の動きに反応できるかもわからない。

どうする？

「おい、おっさんどうした！」

状況を動かしたのは『風切り』リーダーの声だった。

「ちっ」

影の中から舌打ちが聞こえた瞬間、相手は身をひるがえして荷馬車から飛び出していく。

俺を倒しても意味がないと判断した？

たぶん。

「おい待て！」

外で『風切り』リーダーの声がターバンを追いかけていく。

「おっさん、大丈夫？」

「はい」

代わりに射手がこっちを覗き込み、それに答える。

その後でウィザーを見た。

「大丈夫か？」

「あ、ああ……」

御者席に座り込んだウィザーだが、怪我《けが》をした様子はない。

「足がないから舐《な》められたんだろうな。蹴られただけだ。へっ」

「それはよかった。それにしても……」

と、俺は荷馬車にたった一つある樽を見た。

「あの男、あれを盗むつもりだったのかな？」

「……そうだろうな。中身は教えられないぞ。ていうか俺も知らん」

「知ったら厄介事に巻き込まれるだけだろ。知ってるよ」

思ったより変な依頼に巻き込まれたのかもしれない。

とはいえその夜はそれ以上のことはなく、ゴブリンの集団は退治された。

ゴブリンの襲撃がすごかったのと黒ターバンのような作為を感じさせる存在がいたので、その後の警戒はかなり厳重に行った。

けれど、結局それからは新たな襲撃もなく目的地の街に到着することができた。

荷物はその街にあった商店の中へと納められた。

それを確認して依頼は完了となる。

依頼完了の札をそこでもらい、冒険者ギルドに報告する。報酬はそちらに預けられているので、ここではもらえない。

「なぁ、アキオーン」

『風切り』の連中と冒険者ギルドに移動しようとしているとウィザーに声をかけられた。

「今日は泊まるだろ。どうだ、一杯？」

「いや、悪いけど。やめとくよ」

「そうか」

「うん。悪いね」

「なぁ、俺たちのこと恨んでるか？」

「そうだね。昔はね」

不意に聞かれた質問に、自分でも驚くほどするりと答えることができた。

「そうか」

「いまは会わなければそれでいいよ」

「わかった」

すぐに話を終わらせて、先に行った『風切り』を追いかけた。

††ウィザー††

去っていくアキオーンにそれ以上声をかけられなかった。

最初に捨てたのはオレたちだ。

それなのにその背にすがろうとするなんてみっともない。

そのみっともなさをかなぐり捨ててすり寄ろうとすることが、オレにはできなかった。

親から放り出されたガキどもが成り上がるための支えなんて自尊心ぐらいしかない。それまで捨ててしまったら終わりだ。

たとえ、冒険者として生きる道が途絶えたとしても、それだけは捨てられない。

捨てられない？

「へっ」

本当にそうか？

アキオーンを追いかけなかったのは、別の理由があるからじゃないか？

「ウィザー」

雇われている行商人のところに戻ろうとしたところで名前を呼ばれた。

同時に、衛兵らしき鎧姿の連中に囲まれる。

「話がある。来てもらうぞ」

「……はいよ」

片足では逃げられるはずもない。

ウィザーは大人しく従う。

あの馬鹿の口車になんか乗るからこんなことになった。

あいつを巻き込まなかったことだけが、オレに自尊心が残っている証拠かもしれないな。

観念したウィザーは、衛兵たちに逆らうことなく付いていった。

†　†　†　†　†

冒険者ギルドで報酬を分けてもらう。

基本報酬9000Lに危険手当50000Lが足された。

1万4000Lの儲けだ。

帰りの三日分も考慮すると一日2300L前後の稼ぎ。

薬草採りよりは儲かるけども、危険だったことを考えると薬草採りを続ける方がいいような気もする。

いや、そもそも冒険者が本気で儲けようと思ったら魔物退治かダンジョンに行くしかない。

……はたして、儲けるために冒険者を続けることに意味があるのだろうか？

いやいや、俺は冒険者をちゃんと楽しむために冒険者をしているのだ。

え？　そうだよな？

儲けだけ考えていると目的意識がずれそうなことに気付いた。

気を付けよう。

でも、だからって危ないことをしたいわけではない。

命は大事だ。

大きな怪我もしないように。

安全に冒険者を楽しむ。

……なんだか矛盾しているような。

…………………………気にするな！


このまま商隊護衛を繰り返しながらダンジョンのある街に向かうという『風切り』と別れ、俺は冒険者ギルドを出ようとした。

最初は王都に戻る際になにか依頼を受けようと思っていたのだけど、ウィザーに会ったせいでその気も失せた。

焦って依頼を探さないといけないほど困っているわけでもないのだから、このまま乗合馬車でも見つけて帰ろう。

そう思っていたのだが。

「あの、アキオーンさんですか？」

「はい？」

冒険者ギルドを出てすぐのところで声をかけられた。

振り返ると受付の制服を着たお姉さんが、息を弾ませてそこにいる。

「えっと……はい。アキオーンですが？」

「ああ、よかった。ちょっとよろしいですか？」

「え？　あの？」

「お願いします。本当に」

「え？　なんですか!?」

よくわからないままお姉さんに引っ張られてギルドの中に引き戻された。

それだけでなく、職員しか入れない通路に案内されて、なんだか立派なドアの前に立たされた。

受付のお姉さんがノックをすると「入れ」と太い声が聞こえた。

なんだろう？　何か悪いことをしただろうか？

ドキドキしながら室内に入る。

受付のお姉さんは入らず、ドアは無情にも閉じられた。

広い部屋の奥には立派な机を中心とした執務空間があり、その手前には向かい合ったソファが置かれている。

そのソファの奥に一人、座っている。

知っている人だった。

「おお、来たな」

口から出そうになった「うへっ」という悲鳴をなんとか呑み込む。

とはいえ表情までは誤魔化《ごまか》しきれない。

俺は、引きつった顔でソファに座っているファウマーリ様を見た。

「なんじゃその顔は？」

「は、ははは……ファウマーリ様こそ、どうしてここに？」

「うむ、とりあえずはここに座れ」

そう言って対面のソファを示される。

ファウマーリ様の側《そば》には怖い顔の男が立っている。

他には誰もいないので「入れ」と言ったのはこの人物だろう。

男がじろりとした視線でずっと俺を見ている。

「大公閣下、本当にこの男に？」

「うむ、適任であろ？」

「私にはそうは見えませんな」

そんなやり取りをしている。

「なにをしている？　早《はよ》う座れ」

「は、はい」

圧に負けてその場に立ったままでいると、ファウマーリ様に促されたので慌ててソファに座った。

「まぁ、これは妾の主導じゃ。人選も任せよ」

「……わかりました」

「あの……なにを？」

なにか、すごく怖いことが自分の理解の外で進行しているのだけはわかる。

「アキオーンよ。お前にな、あるものを運んでもらいたい」

「は？」

「大事なものじゃ。丁重に運べ」

「え？　あの……なんで……俺……ですか？」

「うむ。まぁ技術はいまいちだが、能力は見るものがあるからの。お前は」

「うっ……」

これは夜魔デイウォーカーのことだけではない雰囲気だ。

きっと、黄金サクランボを増やして食べていることを見越している気がする。

そうだよね、【鑑定】を持っているもんね。能力値の変化だってすぐにわかるよね。

「ああ、そうだ。仲間を引き込んだりはするな。一人で運べ」

「え？　そんな！」

当てなんてないけれど、一人でやることを強制されて思わず反論してしまった。

「できるじゃろう？　そなたなら」

「できないですよ！」

「いいや、できる」

動揺する俺を放置して、ファウマーリ様は断言する。

「やってもらわねばならん」

「うっ、でも……」

「貸し一つ」

ファウマーリ様が指を立てる。

「あったじゃろう？」

「ううっ」

「お前は妾の頼みを断れんのじゃよ」

ニヤリと笑われて、俺はがっくりとうなだれた。


俺にできることは交渉することだけだった。

拒否するための交渉ではなく、なんとか良い条件を引き出すための努力だ。

依頼の内容に沿った手段の交渉はすんなりと終わったのに、報酬の交渉ではファウマーリ様は断固として譲らなかった。

「貸し一つで働くのに金を寄こせとはお前もなかなか強欲よな」

「いえいえ、貸し一つは決してあなたからの願いを拒否しないという意味で今回は使わせてもらいます。そもそも、冒険者として働かせようというのにタダ働きでは筋が通らないのではないですか？」

「ならん」

ファウマーリ様は揺るがない。

最終的に隣にいた男の人、この街の冒険者ギルドのギルドマスターが思わぬ条件を提示してきた。

「わかった。この依頼を無事に完了させたら、登録証を鉄から銅に変えてやろう」

「はぁ!?」

「おお、それは良いことじゃな」

違うそうじゃないと言いたい。

冒険者ギルドの登録証はその素材に種類がある。

金銀銅鉄の四種類。

それは冒険者の格を示し、金が上で鉄が最底辺を意味している。

実はその上が存在しているなんて噂《うわさ》を聞いたことがあるけど、それはまた別の話。

格が上の冒険者というのは、外で危険な活動をどれだけしたかで決まるので、日雇い冒険者が鉄から上になることはない。

商隊護衛の人数合わせ要員なんて仕事程度では功績の一つとして数えてもらえない。

普通に冒険者を志しているなら、鉄を卒業して銅になると聞けば、喜ぶ。

ちょっとそういう気持ちを取り戻しつつあった俺にとっても、魅惑的な提案に思えた。

「だけど、いきなりそんな……」

銅になるということは、ある程度の荒事ならこなせるという意味になる。

なにかあった時には「あんた銅なんだからもっとがんばれ」と危険の前に立たされることになるのだ。

いまの俺にそんな能力というか覚悟というか。

うん、まだちょっと足りないと思うんですけど?

「まっ、問題なかろう」

「いや、勝手に決めないでください」

「臆するな。アキオーン」

「いやいやいや！」

「そなたに足りんのは覚悟よ。それを付けるのにちょうどよいのではないかの」

「そんなぁ」

「それにな、アキオーンよ」

「はい」

「これ以上ごねるのであれば、妾も優しい顔をしてはおられんぞ？」

「……はい」

笑顔の威圧の前に撃沈するしかなかった。


こうして、あちら側の準備に二日ほど要した後で、俺は出発した。

商隊護衛の時に持っていた槍をそのまま手に持ち、背中には真新しい背負い袋がある。

前に使っていたのよりも一回り大きい。

それを背負って俺は一人で街を出ると、街道もすぐに逸《そ》れて、目的地のとある山を目指す。

徒歩だと五日ほどかかる場所にあるその山には竜が棲《す》んでいるという話だ。

その竜がゴールだ。

竜といっても、たまに山や森からやってきて村から人や家畜を攫《さら》うワイバーンや、藪《やぶ》から飛び出してきて人だって丸呑みするジャイアントリザードなんて可愛《かわい》いものじゃない。

いや、この二種類だって俺が戦える相手じゃないんだけど……とにかくそれよりももっと上。

この国の昔話にも登場するような古い竜の王。

ドラゴンロードだそうだ。

「そのドラゴンロードと祖王である父様は契約を交わしておってな」

寂しい一人旅の中でファウマーリ様が語った昔話を思い出す。

昔、ベルスタイン王国がまだ小さな小さな国だった頃、近くの山に棲んでいたドラゴンロードが襲いかかってきた。

ドラゴンロードは激しく怒っており、いくつもの村を焼き、街にも襲いかかってきた。

そこで祖王リョウが自らドラゴンロードに立ち向かった。

戦いは三日三晩続き、そして遂《つい》に、ドラゴンロードは祖王に屈した。

だが、祖王はドラゴンロードを殺さなかった。

戦いの最中で祖王はドラゴンロードの怒りの理由を知った。彼の伴侶が最近亡くなったのだが、その死体を冒険者たちが勝手に荒らしたのだという。

祖王は領内で竜の素材を売った冒険者をドラゴンロードの前に連れてきて言った。

「生き物それぞれに法があり許せぬことがある。伴侶を悼む竜王の怒りは理解できる。だが、一部の者の罪を人という種や国にひとまとめに向けられても困る。そなたはドラゴンロードだが、全ての竜種がやったことの罪は背負えまい？　彼らが我が国の民を殺し、家畜を奪ったとそなたに訴えたところでなにもしてくれまい？　ならば我らも同じことを言おう」

いまだ怒りに震えるドラゴンロードに理屈が完全に通じるはずもない。

妻の亡骸《なきがら》を汚《けが》した冒険者らを前に再び猛《たけ》り始めたドラゴンロードに対し、祖王は契約を持ちかけた。

「竜王よ。そなたが一つ約束してくれるなら、この仇《あだ》を渡そう」

「ナンダイッテミロ!?」

「今後なにか問題があればまずは言葉でもって訴えてくれれば、我らは我らの能力の許す限り竜王の願いを叶《かな》えよう。その代わり、竜種による横暴が目に余り、我らが願うことがあれば、竜王の力でもって彼らを排除してほしい」

「リョウカイシタ！」

「ならばよし！」

祖王の合図とともに死体を漁《あさ》ってきただけにもかかわらずドラゴンスレイヤーだと嘯《うそぶ》いていた冒険者たちは解き放たれ、ドラゴンロードの炎を浴び、その牙で砕かれた。

こうして祖王リョウとドラゴンロードとの契約はなされ、それ以後、この国での竜種による被害は驚くほどに減ったという。

……ていうか、祖王『リョウ』って！

もしかして亮《りょう》とか涼とか書いたりしないか？

そうだよ、ファウマーリ様がいきなり白ご飯の朝和定食を欲しがったりしたのは、まさしくそういうことじゃないか。

気が付くのが遅すぎる。

もっと早く気付いても良かったはずだ。

「祖王って転生者かよ！」

あるいは転移者か。

どちらにしても、俺と同じ世界の経験か記憶を持つ者だったのだ。

国を作ったりドラゴンロードと戦ったり不死者の王の娘がいたり……思い出す祖王を題材にした童話にずいぶんと破天荒なものが多いのもそういうことか。

「チート無双を満喫してたのか」

それを羨ましいと思う。

足を止めないまま歩き続ける。

視界が開けた場所を選んで休憩を挟みながら先に進んでいく。

跡をつけられているのはすぐにわかった。


背負い袋を下ろし、中を漁る真似《まね》をしながら【ゲーム】を起動する。

果樹園や畑を巡っていつもの作業をこなしつつ、さて、どうしようと考える。

冷静ぶっているけどかなり焦っている。

ちらりと視線をそちらに向ける。

手の付けられていない土地は雑草と木々が伸び放題になっている。

放牧をしている農村が近くにあれば雑草はもう少し背が低かったかもしれないが、残念ながらこの辺りにはやってきていないようだ。

だから、見えない。

見えないけれど、時折、風とは関係のない草の動く音がする。

獣だと言い聞かせたい。だが、それにしてはずっとそんな音が付きまとっている。

まだ遠くだからいいけど、さっき気付いた時より近くにいる。

ああ、絶対、狙われてる。


ファウマーリ様に押し付けられた仕事はこうだ。

先ほど思い出したドラゴンロードの昔話。

そのドラゴンロードがファウマーリ様に連絡を取ってきた。

ファウマーリ様は昔からドラゴンロードとの窓口を担当しているのだそうだ。

卵が盗まれた。取り返してほしい。

竜の卵というのは錬金術や薬草学や魔導学……とにかくそういうクラフト的な分野では魅力的な素材らしく、よく狙われているという。

そんな中、ドラゴンロードの何代目かの奥さんが卵を産んだ。

そしてそれが盗まれた。

卵の匂いは王国の中にとどまっているので、取り返してほしいと。

ファウマーリ様はその訴えを城に伝え、今代の王が調査を命じ、紆余曲折《うよきょくせつ》の果てに卵を取り返した。

だがどうも、卵を盗んだ者の背後には裏社会の大きな組織がいたようで、国はそのまま連中との戦いに卵を利用しようとしているという。

卵を欲しているのが組織の大物らしく、国が奪還したというのに諦めていないことを好機と見たようだ。

卵をドラゴンロードへ返すための使いは俺だけではなくて何人も放たれている。

その中のどれが本物かは、預けられている者も知らない。

そして、そんな使いに組織からの追手が付けば、隠れて警護している王国の実力者たちが捕らえる。

そういう段取りになっている。

「だから大丈夫、大丈夫」

小さくそう呟きながら日課の作業を終えて、本日分の黄金サクランボを取り出す。

それを食べる。

食べれば能力が上がる。

食べるごとに聞こえるドラムロールはやかましいけれど、もう慣れた。

頭痛もほとんどしない。

正直に言えば、当初の目的だった冒険者ギルドの戦闘講師の能力値にはすでに追い付いている。

いまの能力値はこんな感じ。

名前：アキオーン
種族：人間
能力値：力32／体57／速15／魔20／運3
スキル：ゲーム／夜魔デイウォーカー
魔法：鑑定

体に偏りすぎてる気がする。

そして運が少ないのはどうしてなのか？

【ゲーム】のこととか考えると運がいいのではないだろうか？

それとも、そういうこととは別の要素なのか？

それともそれとも……そもそもこんな年齢でチートに気付く俺は運が悪いという隠喩だったりするのだろうか？

暗いことを考えすぎだ。

能力が上がっても荒事への耐性ができていないから仕方ないのかもしれないが、もう少し度胸が欲しいと思う。

休憩を終えて歩き出す。

実のところ、あまり休憩は必要ない。

能力値が上がったからなのか、歩き続けていてもあまり疲れない。それに夜寝なくてもあまり苦にならない。

王都で、普通に生活している間は気付かなかった。

眠れないわけではない。

寝ようと思えば寝られる。

だけど、小さな物音でもすぐに覚醒するし、寝不足を引きずる感覚もない。

もしかしたら能力値ではなくスキルの【夜魔デイウォーカー】の方が原因かもしれない。

よくわからない。

歩き続けることができるのは、この状況ではいいことだ。

とはいえ、俺の仕事はドラゴンロードに卵を返す使い候補の一人であり、裏組織の手先を捕まえる囮《おとり》役でもある。

追手を撒《ま》いてしまうわけにはいかないので、こうして休憩を挟んでいる。

と・は・い・え！　もともと小心者なので長々と休憩なんてできないから、夜も食事を済ませて少し寝たふりをするとすぐに歩き出していた。

早く、兵士が追っ手を片付けてくれたらいいんだけど。

そんな感じで休憩時間を削って歩いていたからだろうけれど、四日目には目的の山の麓に到着することができた。

「ふう、さて……」

次はこの山を登るのか。

そろそろ日が落ちるし、明日にしようかなんて考えていたら。

「おい！」

「うひっ！」

いつのまに？

もっと後ろにいると思っていたのに、いきなり声をかけられた。

振り返ると、二人の男がいる。

あれ？　と思った。

片方の男。

黒髪に無精ひげの、険しい目をした男。

最近、どこかで見た。

思い出した。

え？

嘘《うそ》だろ。

「……手配書の男？」

「はっ、やっぱり有名だな、バン」

そしてさらなる爆弾を隣の男がニヤニヤ顔で投げ込んできた。

「バン？　バンだって!?」

「ちっ」

俺が驚いていると黒髪の男が舌打ちする。
バン。
もう一人の昔の仲間。
ウィザーを加えて、三人で孤児同然の冒険者時代を過ごした。
そして、俺を捨てて二人だけで冒険者として成り上がる道を選んだ男。
そんな男がどうしてここに？
足を失ったウィザーも捨てて、さらに成り上がっているのだとばかり思っていたのに。
いや、そうか。
「……だめだったのか」
「っ！」
身を持ち崩して、裏社会に流れ込んでしまっていたのか。
だけど、体は大丈夫そうなのに、どうして？
なんて、考えていたのが悪かった。
気が付くと、バンの姿がすぐそこにあった。

ズダン！

熱い衝撃が体を走った。
そしてすぐに冷たい喪失感が襲ってくる。

「え？」

左の鎖骨から胸の半ばまで剣が入り込んでいる。

「うるせぇよ。グズが」

すぐ間近で、バンが吐き捨てる。

暗く燃える目が俺を睨んでいた。

腹に足を当てて突き飛ばす形で剣を引き抜き、俺は地面に倒れた。

衝撃で思考できなくて、ただ呆然《ぼうぜん》とする。

「おい、さっさと荷物を奪え。伏せてた追手は片付けたが他がいないとも限らない」

「へいへいっと」

呼吸ができなくて「あっ」とか「がっ」とかしか言えなくなっている俺に、もう一人が近づいてきて背負い袋を奪った。

そのせいで体が地面を転がる。


「へへ……あん？」

「どうした？」

「なんも入ってねぇ」

「ちっ、やっぱりハズレか」

「くそっ、見た目は弱そうだけど、足が速いからもしかしたらと思ったんだけどな。潜んでる奴らも倒し損だったな」

「まぁ、しょせんはこいつだ。そんなもんだろう」

「はは。昔の知り合いなんだろ？　ひでぇ言い草」

「ああ。知り合った当時から足手まといで役立たずのグズだった。邪魔でしかない」

「ひでぇひでぇ」

「ハズレならもういいだろ。さっさと帰るぞ」

「待てよ。確かこいつ、最近ポーションを売って稼いでたって話だ。金袋はそれなりに膨らんでるはずだぜ」

「ちっ。だからか」

「あん？」

「グズの役立たずのくせに、こんな依頼を受けてるからだよ。調子に乗ったんだろ、馬鹿野郎が」

「はは。おかげでこっちはハズレクジだな。あっ？」

《緊急事態。スキル【夜魔デイウォーカー】を発動します》

黄金サクランボを食べた時のやかましいドラムロールとともに聞こえていたあの声がそう告げた。

あっ、なんだか……喉が渇いたな。

††バン††

『だめだったのか』


久しぶりに会った馴染《なじ》みにそんなことを言われる。

これほど屈辱的なことはない。

アキオーンのくせに。

一番に……いや、そもそも冒険者といっても日雇いの外にも出られなかった奴に。


『だめだったのか』


そんなことを言われる謂《いわ》れはない！

上に向かっていくことがどれだけ大変かも知らないくせに。

ウィザーが足を失った戦いがどれだけの激戦だったかも知らないくせに。

その後、新しい仲間を得るためにどれだけ苦労したか。

ダンジョンに挑むことがどれだけ大変か。

強敵に挑むための武器や鎧がどれだけ高価か、そして維持費がどれだけか、ダンジョンの挑戦に失敗した時の損失がどれだけのものか。

一度失敗すると、それを取り戻すのがどれだけ大変か。

調子のいい売れっ子冒険者だったはずなのに、気が付けば借金まみれの負け癖付きとして誰からも相手にされなくなる。

そうなってしまった冒険者が立ち直るなんて不可能だということを。

転がるように落ちていき、生きるためにどんな仕事でもやらなきゃならなくなることを。

そんなことも知らないくせに！

怒りは言葉にはならなかった。

その代わり、踏み込んで肩から心臓にかけて斬ってやった。

本当はそのまま斜めに斬り分けてやろうと思っていたんだが、うまくいかなかった。

奴の着ている真新しい革鎧のせいか？

最近、武器の手入れを怠っていたせいか？

どちらにしても面白くない結果だ。

ああ、まったく面白くない。

「待てよ。確かこいつ、最近ポーションを売って稼いでたって話だ。金袋はそれなりに膨らんでるはずだぜ」

「ちっ。だからか」

あんなきれいな革鎧を着ているなんておかしいと思ってたんだ。

金が手に入って調子に乗ったんだ。

まだ、冒険者として上を目指すことを考えていたのか？

だから、こんな依頼を受けたのか？

最後の最期まで本気の馬鹿野郎だな。

まぁ、こいつが金持ちになっているなんて話を聞かされていたら腸《はらわた》が煮えくり返っていたかもしれない。

俺たちは全員失敗した。

それでいい。

その方がいい。

ウィザーに連絡を取った商隊襲撃の時に盗めていれば、こんな面倒なことにはならなかったのに……。

まったく、付いてない時はどこまでも手間がかかる。

「ぎゃっ！」

「あん？」

耽《ふけ》っていた物思いがくそ野郎の悲鳴でかき消された。

どうでもいい奴だが、なにかドジでもしたか？

「どうし……た？」

振り返って、言葉が止まった。

くそ野郎の首にあいつの死体が絡みついている。

どういう状態だ。

死んでなかったのか？

最後の足掻《あが》きをしているのか？

「おい、それぐらい自分でどうにかしろ！」

イライラしながら叫んだが、くそ野郎はあいつの死体を抱えたままバタバタとしている。

いや、おかしいな。

くそ野郎があれだけ暴れているというのに、あいつの死体がずり落ちないのはなぜだ？

どうやって立っている？

あいつの顔はくそ野郎の肩に置かれている。

「違う」

勘が鈍っているといまさらながらに理解する。

アキオーンは一人で立っている。

くそ野郎……名前が思い出せないのでくそ野郎のままだ。くそ野郎はもう動くことをやめている。

だらりと全身の力が抜けているのがわかる。

アキオーンの顔はくそ野郎の首に張り付いたまま……。

……ズルリと、崩れた。

くそ野郎の体が。

まるで突然に泥人形にでもなってしまったかのようにボロボロに崩れていく。

時折、崩れるものの中に糸のように長いものが見える。たしか、血が流れる管だ。

グズグズになったくそ野郎の体と着ているものが地面で山になる中、アキオーンはそこに立って、こちらを見た。

「……よう、落伍者《らくごしゃ》」

赤く濡《ぬ》れた唇をにやりと引き伸ばしてアキオーンが笑った。

口から長い牙が零《こぼ》れ出ている。

「お前……」

「あ？　落伍者って言葉知らないか？　まぁ剣ばっか振ってた馬鹿には難しい言葉だよな。ごめんな馬鹿にこんな難しい言葉使って。落伍者ってのはな。他人を踏みつけて上がっていったくせにな、勝手に転げて落ちてって糞まみれになった奴のことを言うんだよ。つまりはお前だな」

「っ!!」

「お？　怒ったか？　まさか一番見下していた奴にこんなこと言われるとは思ってなかったか？　はははは、バーカバーカ」

「てめぇ！」

なにがどうなっているのかわからない。

思いつく存在はあるが、こいつが日光の下を移動しているのを見ている。

それなら違う。

せいぜい、低級なアンデッドになっただけだろう。

腐りかけの脳が出した妄言に振り回されるなと思いながら、前に踏み出した足を止められない。

アキオーン如《ごと》きが俺を見下すなんて、たとえアンデッドになっていたとしても許せない！

その首、刎《は》ね飛ばしてやる！

「おっと」

「なっ!?」

まさか!?

薙《な》ぎ払《はら》った剣を摑《つか》まれた。いや、摘まれた。

しかも進行方向側からでなく、刃の反対側から。

非常識のさらに上を行った？

くそっ。

ここまではっきりとしていて無視するわけにはいかない。

剣を捨てて、跳び離れる。

「アキオーン、お前……吸血鬼になったのか？」

「はっ！」

ニヤニヤ笑いのまま、俺の顔を見ている。

「さあな」

「なに？」

「そうかもしれないし、違うかもしれない。どっちだと思う？」

「…………」

くそっ、舐めてやがる。

あのくそ野郎の血を吸ったのもそうだし、俺が斬りつけた傷がなくなっている。

それならやはり、あいつは吸血鬼だ。

少なくとも、それと同等の力を持っている。

剣は奪われた。

予備の武器もあるが、それで勝てるとも思えない。

逃げるしかない。

そう決めると、アキオーンに背を向けて走り出す。

【瞬脚】

それが俺の持っているスキルだ。

爆発的な速度で一定の距離を移動する。

瞬時に間合いを詰める際に使えるスキルで、アキオーンを斬った時にも使った。

魔力を流しっぱなしにすればその速度を同じ時間だけ使っていられる。

このまま距離を稼いで……。

「なんだよ？　逃げるのか？」

「っ！」

走っている横にアキオーンがいた。

「足手まといで役立たずのグズを相手に逃げるのか？」

足を止めるのも読まれて、隣に立たれたままだ。

「まさかまさか、あのバン様がそんなことをするはずないよな？」

「……許してくれ」

腹立たしさで爆発しそうな気持ちもある。

だがそれよりも、理解不能な恐怖が勝った。

「は？」

「俺は、ここで死ぬわけにはいかない」

「そうか？」

「聞いてくれ！　俺に……子供がいるんだ。娘だ」

「はぁ？」

「覚えてるか？　イリシャだ。娼館《しょうかん》の下働きだった」

「ああ……いたかもな」

「あいつとの子だ。いまはまだ孤児院にいるが、このままだと昔の俺たちと同じ生活だ。あいつを助けてやらなくちゃならない。だから！」

「それで？」

「ぐっ……」

「それで、助けろと？」

「……頼む」

「なぁ、バン様よ？　お前……死んでいい人間だけ殺してきたって胸を張って言えるか？　死んでも誰も悲しまない人間だけを殺してきたって？」

「頼む！」

「そんな人間に５００万Ｌもの賞金が付くわけないよな？」

「頼む！」

「……そいつの名前は？」

「…………」

「その子の名前だよ」

「……ティナだ」

「そうか。偶然にでも会ったら、俺がよろしくしておいてやるよ」

そう言って牙を見せて笑う。

あの牙を娘に使う気だ。

冒険者から転げ落ちて裏社会の組織に騙《だま》されてクソだまりのような関係の中でもがいていても、
それでも生きているのは、存在を知った娘のためだ。

家族に捨てられた俺が、家族を捨てるわけにはいかない。

たとえ会うことはできなくとも、裏から助けることぐらいはできるはずだと王都に戻ってきた。

王都に戻るために、竜の卵の仕事を引き受けたんだ。

それなのに！

「ふざけるなぁぁぁぁぁぁぁぁぁぁ!!」

隠しておいた小剣を引き抜いて迫る。

だが、【瞬脚】の速度は簡単に超越されて、腕を掴まれ、その握力で握り潰された。

反対の腕も同じように握り潰され、そして奴の牙が首に……。

「おっと。首がなくなるのは困るな」

その呟きが最期に聞こえた。

†　†　†　†　†

うあああああああああああああああああああああああああああああ

ああ
ああ
あああああああああああああああああああああああああああ!!

バンの首を前にして心の悲鳴が止まらない。
彼を殺してしまったことへの後悔ではない。
【夜魔デイウォーカー】のすごさに驚いているわけでもない。
いや、驚いてはいるけど、声が止まらないのはそういうことでもない。
なに、あの性格。
あの言動。
なんであんなに悪ぶっているんだ？
どうして？
わけがわからない。
悪役厨二病ロールプレイとか、どうして……どうしてこんなことに！

あああ
ああ
あああああああああああああああああああああああああああああああ!!

…………と。

「はぁ……よし、反省終了」

長いため息を吐いて四《よ》つん這《ば》いの姿勢から立ち直る。

おっさんは自分の恥への対処の方法も心得ているのだ。

「さて」

目の前にはバンの首がある。

それ以外の部分はもう一人と同じ泥のようなものになって崩れてしまった。

死体が残らないのが不思議だ。

吸血鬼が血を吸ったら吸血鬼に感染するんじゃなかったのだろうか？

その疑問はともかくとして、バンの首は残った。

「これで５００万Ｌが手に入るのかな？」

バンが本当に手配されていたのなら、だけど。

人の……しかも知っている人間の死にショックを受けていないのかという話だが、実際、そこまで衝撃は受けていない。

裏切られたと言えばとっくの昔に裏切られているわけだし、冒険者が裏社会へ転がっていく話なんてそれこそそこら中で聞く。

だからこそ、冒険者ギルドは冒険者の移動を厳密に管理するのだし。

友情もなくなった人間の首なんて、それこそ換金できなければゴミと一緒だ。

「どうやって運ぼうかな」

このまま持ち歩いていたら腐ってしまう。

こういう時は塩漬けとかにするんだっけ？

だけどそんな大量の塩はないし……もっといい方法があった。

【ゲーム】を起動。

キャラクターを操作して交易所でバンの首を購入希望商品にすると、向こうに持っていけるのだ。

データとして保存できるので腐敗もない。

果樹園や畑から採った果物や野菜がいつまでも腐らないのと同じ理屈だ。

ああそうだ。

ついでに、これを取り出しておこう。

同じような理由で安全のために【ゲーム】の中に入れておいた竜の卵を取り出す。

ポンと出てきたそれは両手で抱えないと持てないほど大きい。

色も普通の白ではなく、ちょっと金色っぽい。

高さも腹の下から胸の辺りまである。

ずっしり重い。

これを運ぶためにあの大きな背負い袋が用意されていたけれど、運んでいる途中に転《こ》けたらなんてことを考えたら怖くてこうしてしまった。

とはいえドラゴンロードの前で自分のスキルを見せるようなこともしたくないし、そもそものんびりとやらせてくれるかもわからないし、ついでに俺の度胸や精神力でドラゴンロードの前でそんなことをできるかどうかもわからない。

ここからは自力で運ぶとしよう。

……と、思っていたのだけど。

「あれ？　雲？」

いきなり周囲が暗くなったので、雨雲でも流れてきたのかと思って上を見ると……。

そこに竜がいた。

巨大な竜だ。

大きく広げられた翼が空を覆って陽光を遮っている。

大きな胴体。空では不要だからか折りたたまれた四肢。

長い首を曲げてこちらを見下ろしている顔がなければ翼の生えた四足動物と思えたかもしれない。

だけど、これは間違いなく竜だ。

ドラゴンロードに違いない。

こんな大きな存在と祖王は戦ったのか。

怖ぁ……。

無理無理無理。そんなの俺には無理だ。

茫然と立ち尽くしていると、ドラゴンロードは俺の前に着地した。

「アア……人間よ」

喉の調子を確かめるように声を放つと、いきなり流暢《りゅうちょう》に話し出した。

「それは我らの卵だ」

「…………」

「おい」

「あっ！　はい!!　その通りです！　ファウマーリ様の使いで参りました!!」

「うむ。あの王の娘だな。約束通りだ。ご苦労である」

「あ、は、ははぁ……」

「では。これよりは我が引き受けよう」

ふわりと、いきなり俺の腕の中から卵が抜け出した。

念力？　テレキネシス？

「では、さらばだ！」

ドラゴンロードはあっさりと俺の前から去っていった。

いや、それでいいんだ。

ほっとした。


〝ああ、そうだ！〟


「うひゃぁぁぁ！」

いきなり頭の中に聞こえてきた声に驚いた。

「ド、ドラゴンロード様？」

〝うむ。一つ、答えをやろう〟

「答え？」

〝そなたが血を吸った相手が泥のようになったのはな。王の因子を継ぐ器ではなかったからだ。そんな者ほとんどいないが、もしも形を残す者がいた時は気を付けるのだな。奇妙な夜の王よ〟

うあぁ……。

ということはここで起きたことは全部見られていたってことか。

〝この答えが忌々《いまいま》しい盗人《ぬすっと》を屠った褒美だ。では、今度こそさらばだ〟

「…………」

しばらくじっとしていたが、もうドラゴンロードの声が頭に響くことはなかった。

「ほっ……」

それにしても『忌々しい盗人を屠った』って。

もしかして、バンかもう一人の方が、ドラゴンロードから卵を盗んだ犯人だったってことか？

まぁ、とにかくもう帰ろう。

走って帰ろう。

街に戻って冒険者ギルドで報告を済ませ、そのまま王都に戻った。登録証の件も王都のギルドでしてもらうことにした。

とにかく慣れた場所に戻りたかった。

なんの依頼も受けずに王都に戻り、子供たちから薬草を買ってポーションを売ったり商業ギルドで葡萄を売ったりした。

葡萄はやっぱり高評価だったらしく、今日売った分も、すでに持っていく先が決まっているらしい。

景気のいい話を聞いて心を落ち着ける。

そろそろアパートみたいな月契約の住居を確保してもいいかもしれない。

だらだらしたい時にできないと、冒険者ギルドの食堂で思った。

ああ、でもまだ、のんびりできないなぁ。

食堂からでも見える依頼掲示板にある手配書を見て思う。

黄金サクランボの効果か、あるいは夜魔デイウォーカーのおかげか、視力が良くなっていてここからでも手配書の内容が見える。

やっぱり、あの手配書に書かれた似顔絵はバンだった。

なにをどう転がったら５００万Ｌも賞金額をつけられてしまうのだろうか？

兄の仇《かたき》と言っていた。

いやいや、余計なことを聞いて変に巻き込まれるのは避けないと。

重い足取りで立ち上がると依頼業務が落ち着いている受付に移動する。

「あら、アキオーンさん、どうしました？」

すっかり名前で呼ばれるようになった。登録証が銅になったのもあるし、頻繁にポーションを売っているのもあるからだろう。

「あのさ……」

手で口元を隠して内緒話だと示し、ひそひそと告げる。

「例の手配書の件で話があるから、依頼人がまだこの街にいるなら呼んでほしいんだけど」

「手配書って、……あの？」

「そう。あの」

「あの方、貴族のお嬢様ですから、もし間違えていたら怖いですよ」

「うう、やめてよ」

受付嬢が本気で心配しているので、俺はぶるりと震えた。

「でも、本人に確かめてもらわないとどうにもならないことだから。呼べる？」

「宿にいらっしゃるなら、一時間ぐらいで来られると思いますけど……ほんとにいいんですね？」

「うん」

「わかりました。人をやります。奥の談話室で待ってもらうことになりますよ」

大きな依頼の時に使われるって部屋だよね？

初めて使うかも。

通された部屋には対面に置かれた長ソファとテーブルがあるだけだった。

でも、重厚な雰囲気がある。

さすがは王都の冒険者ギルド。あっちの街で見たギルドマスターの部屋より立派だ。

とりあえず、誰か来る前に【ゲーム】からバンの首を出しておく。

そのまま出すのはいやなので、小さな樽を作ってそれに入れてテーブルの足下に置いておく。

目の前にあるのは俺も精神衛生的に悪いしね。

時間を持て余して【ゲーム】を弄《いじ》りながら待つ。

果樹園からの成果はまだたくさんあるし倉庫に溜《た》まる一方だからもっとたくさん売ってもいいんだけど……あまりたくさん売ってると、値崩れよりも『どうやって運んでるんだ？』って怪しまれる方が心配なんだよな。

なにか別に売る方法はないかな。

加工する？

お菓子とか。

ゼリー？

うーん。

悩んでいると足音が近づいてきたので咄嗟《とっさ》にスキルを解除する。

「どうぞ」

ノックの音に答えると、前に見た眼光の鋭いお嬢さんがいた。

その後ろには騎士っぽい男たちが控えている。

「あの、お茶をお持ちしますので……」

「けっこうだ」

「は、はい」

さらに後ろにいた受付嬢の厚意は冷たく拒否され、彼女は去っていってしまった。

寂しさと申し訳なさとを感じつつ、立ち上がってお嬢さんたちを迎える。

鎧姿のお嬢さんは俺をじろりと眺め、それから対面のソファに座った。

「それで……手配書の件で話があるそうだな」

「はい。これです」

足下に置いていた小樽をテーブルに置く。

怖いからさっさと用件を済ませてしまおう。

「それは？」

「お探しのものです」

「っ!?」

「生死問わずでしたから」

と、一応弁解しておく。

小樽の蓋を開けて、裏返した蓋の上に中身を置く。

血がすっかり抜けて白くなったそれを見て、お嬢さんの目が驚愕《きょうがく》に見開かれていた。

「……お前が、倒したのか？」

「ええ、まぁ……」

お嬢さんの問いに頷《うなず》く。

嘘ではない。

びっくりの結果ではあったけど、嘘ではない。

「嘘だ！」

そう叫んだのはお嬢さんの背後に立っていた騎士だった。

「あの『剣鬼バン』をお前如きが倒しただと!?　そんなことがあるものか！」

バンってそんな風に呼ばれていたのか。

そのことに驚いたけれど、他の騎士たちまでもが「そうだそうだ」と頷いていることにイラッとした。

「誰か別の者が殺したのだろう」

「お前はその功績を盗んだな」

「卑怯者《ひきょうもの》め！」

そんなことを口々に言う。

「では、いいです」

ここまで言われるとは思わなかった。

いくら俺が弱虫の雑魚《ざこ》冒険者だとしても、いきなりこんなことを言われる筋合いもない。

５００万Ｌは惜しいけど、いまの俺ならいずれ手に入る額でもある。

「なに？」

「この首はあなたたちが探している首ではない、ということでいいです」

首を小樽に戻し、蓋をする。

「あなたたちはこれからもその『剣鬼バン』という人物を探してうろうろしていればいい」

小樽を抱えて立ち上がる。

「俺が持ち込んだものがあなた方の探しているものでなくて残念です。それでは」

「待て！」

ドアに手をかけた俺をお嬢さんが止めた。

振り返って、お嬢さんと目が合った。相変わらずの眼光にぞっとする。

だけど、その目が震えているようにも見えた。

「配下の非礼はお詫《わ》びする」

「はぁ……」

「その首はまさしく私たちが探している犯罪者だ。目元のほくろなどの特徴からしても間違いない」

ああ、やっぱりバンがそうなのか。

本当に、なんでそんなに転がり落ちてしまったのか。

こっそりとため息を吐く。

「報酬は約束通りに支払おう。おい、商業ギルドの者を呼んできてくれ」

「はっ……しかし……」

「そうか。ではお前はこれからも犯人捜しを続行するがいい。私たちはこの首を持ち帰る。こやつ以外で商業ギルドの者を呼びに行きたい者は？」

「私が行ってまいります！」

「では早くしろ」

最初に嘘だと叫んだ騎士がまだ粘ろうとしたけれど、そのせいでお嬢さんの怒りを買ったみたいだ。

まさかの人生急展開に騎士の顔色は真っ青だけど、俺がどうこうする問題でもないので放っておく。

駆け足で出ていった騎士が戻ってくるまで、俺は小樽を膝の上に乗せたまま待っていた。お嬢さんも喋《しゃべ》らないし、背後の騎士も黙ったまま。

例の残念な騎士が俺を睨んでいるけど、いまさら知ったことではない。

「お待たせしました。あら、アキオーンさん？」

「あ、リベリアさん？」

生鮮食品担当のリベリアさんがどうしてここに？

「保証人として参りました。動ける者が私しかいなくて」

「はぁ、そうですか」

「では、商業ギルドの者も来たので報酬の手続きを行おう」

お嬢さんがそう言うと、手元から紙を出してさっと書いた。

最後に名前とハンコのようなものを押してリベリアさんに渡す。

リベリアさんはその紙に書かれた内容を確認して頷くと、こちらも鞄《かばん》から板のようなものを出してその紙のサインされている面を板に押し付ける。板が光るのを確認すると今度はその板の上部にお嬢さんの親指を当ててもらっていた。

それから俺にも親指を当てさせた。

「はい。書類の模写と契約者の魔力識別登録は完了しました。では、こちらの為替《かわせ》手形はアキオーン様にお渡しするということでかまいませんね？」

「うむ」

「はい。ではアキオーン様、こちらをお納めください。そして、取引対象をあちらのお嬢様にお渡しください」

「あ、はい」

てきぱきと進行するリベリアさんに逆らわず、小樽をお嬢さんに渡す。

「では、以上で契約はなされたということでよろしいですか？」

「ああ」

「ええと、はい」

「では、皆様お疲れさまでした」

「アキオーンとやら」

と、すぐに立ち上がったお嬢さんが俺に声をかけた。

「はい」

「感謝する」

そう言い残してお嬢さんは去っていった。

「さて、アキオーンさん」

「はい」

リベリアさんに話しかけられて、俺はそちらを見る。

「これからどうなさいます？」

「これから？」

「そちらの為替手形です。アキオーンさんの立場だと使い勝手が悪いと思いますので、換金をお勧めしますけど」

「あ、ああ……なるほど」

あちらの知識で為替手形の意味は分かる。

持ち歩けない大金を紙や木札なんかで代用するのだ。

もちろんそこには、それを発行した商店や組織の信用度が必要になってくる。

いま、俺の手にある金属の板は商業ギルドが発行した為替手形だ。きっと、お嬢さんの家が商業ギルドに預けていて、冒険者ギルドで取引するから為替手形で持ってきたということなんだろう。

「もちろん、換金をお願いします」

「では、これを機に商業ギルドの銀行口座を作りませんか？　資産運用など任せていただけると嬉しいのですけど」

「はははは」

あっという間に銀行の営業の人みたいになったリベリアさんにちょっと癒やされた。

ああ、でも交渉してくる人に癒やされるとかやばい気がするなぁ。騙されそうだなぁ。

でも、別にいいか。リベリアさんだから。

あ、でも。

「ではちょっと、お願いがあるんですけど」

「はい？」

そのまま談話室に居座ってリベリアさんにお願い事の内容を話した。


リベリアさんへのお願い事というのはバンの子供がいるという孤児院のこと。

名前もわかっている。どこの孤児院かも。

なのでそのティナという子がいる間だけ、孤児院に出資することにした。

とりあえず、賞金から１００万Ｌをそっちに回す。どういう風に出資するかは商業ギルドの人に任せることにする。

いきなり全部孤児院に預けてもいいけど、たぶんそんなことしてもお金の使い方がわからなくて無駄なことに使われそうだ。

それを受けてくれる代わりに賞金の内３００万Ｌをリベリアさんの勧める資産運用に回す。

残りの１００万Ｌは現金でもらってゲームにチャージする。

さて、今日は早めに宿に入った。

ちょっと気になることがあったのだ。

部屋に入ってから自分に鑑定をかける。

名前：アキオーン
種族：人間
能力値：力45／体70／速23／魔20／運3
スキル：ゲーム／夜魔デイウォーカー／瞬脚／忍び足
魔法：鑑定

黄金サクランボは毎日食べているから能力値が上がっているのは別におかしくない。

問題は、スキル。

いつ、増えた？

色々考えて、もしかしてと思ったのはバンともう一人。

あの二人から吸血した時にスキルを奪った？

可能性としてはそれぐらいしか思いつかない。

だからといって『ちょっと試してこよう』とはできないから、またそういう危険があった時までは放置ということになる。

「……ラッキーぐらいに思っとこ」

そういうことにしておく。

なにか食べて寝ようかと思っていたのだけど、なんだかちょっと目が冴《さ》えている。

なんだろうか？

「なんだか肌がピリピリしてるみたいな？」

緊張してる？

よくわからないけれど眠れない。

「こういう時は酒かな」

久しぶりに酒場にでも行ってみようと部屋を出る。

宿屋を出て少し歩けば酒場がある。

お客がいっぱいだったけれど、なんとかカウンター席の端っこが空いていたのでそこにこそこそと座る。

ハーブたっぷりの腸詰肉と果実酒でちびちびと飲む。

なんだかやっぱり落ち着かない。

こういう時はなにか別のことを考えよう。

久しぶりの酒は美味しい。

地球で飲んでいた酒の方がもっと磨き上げられた味がしていたとは思うけれど、それももうかなり記憶が怪しくなっていたりする。

「う～ん、酒、酒かぁ……」

果実酒。

そういえば、ゲームの中も果実類が色々溜まってるな。

以前はゲーム内の金策のために商店で売っていたけれど、いまはこっち側で売れるからと溜め込んでいる。

とはいえ、俺が週一ぐらいで売っている量ではぜんぜん消化できていない。むしろ増える一方だ。

「う〜ん、売る量を増やせばいいんだろうけど」

希少性が崩壊して値崩れが起きたり、そもそも運搬方法を疑われたりするのが面倒なので売る量は増やしたくないという考えはいまのところ変わっていない。

余っている分はやっぱりゲーム内の商店で売っておくか？

ゲーム内のお金が少なくなるのも嫌だから、なるべくトントンになる感じでやっていきたいし
……。

「……ん？　酒？」

そうか。酒にする方法があればいいんだけど。

でも、【ゲーム】では酒は造れないしなぁ。

なんて……思ったからなのか？

《ピコーン！　クエストが発生しました》

いきなり、そんな音が脳内に響く。

《クエスト『酒造方法を探せ！』が発生しました。役所で内容を確認してください》

いきなり、そんなのが出てきた。

「えー？」

こんなところでコントローラーを出して【ゲーム】を起動するわけにもいかない。

落ち着かないのは相変わらずなのでさっさと腸詰を果実酒で流し込んで店を出た。

そのまま宿にまっすぐ向かう。

いつも使う宿は安宿で、その周辺も同じような店や宿がある場所だからかこの区画には街灯がない。

辺りは真っ暗だ。

それでもどこも入り口にカンテラをかけるぐらいはしているから、目印程度には明かりがある。

だけどそれだけ。

他には何も見えないに等しい。

普通の人にとっては。

「うひっ！」

建物の隙間からぬっと現れた人影が、そのまま俺に近づいてくる。

その手には抜き身の剣が握られていた。

暗いところに入った辺りで【夜魔デイウォーカー】をオンにしていたから、見えていた。

そうでなかったらもっと近づかれていたかもしれない。

慌てて跳び下がると、いままでいた場所を剣が縦に通り過ぎた。

「ちっ！」

通り魔が舌打ちする。

「な、なんだあんた！」

「うるさい！　貴様のせいで！」

「え？　あんた……」

冒険者ギルドで会った、あのお嬢さんに付いていた騎士だ。

俺が出したバンの首を疑って文句をつけて、お嬢さんに怒られていた。

「もしかして、本当に置いていかれた？」

「黙れ！」

「ひぅっ！」

横薙ぎの剣をしゃがんでかわす。

「こうなったら、貴様から金を奪ってやる！」

騎士の発言じゃない！

「冗談じゃない！」

ぐるぐる視線を動かして、通り魔騎士が隠れていた建物の隙間が目に入る。

そうだ、あそこに……。

「あっ、待てっ！」

横を抜けて建物の隙間に潜り込む俺を、通り魔騎士が追いかけてくる。

うん、それでいい。

【忍び足】と【瞬脚】を使って、上に跳ぶ。

隙間に飛び込んだ通り魔騎士は俺の姿が見えなくて慌てて、さらに奥に入り込む。

その背後に着地した俺は【忍び足】のまま接近して……。

【夜魔デイウォーカー】もオンのままだ。

伸びた牙を、そいつの首に……。

「なっ！」

それが、そいつの最期の言葉だった。


血を吸い終わると、剣と鎧と服と血泥が混ざった山ができた。

「これ、どうしよう？」

このまま放置してもいいけど、腐臭とかして衛兵の目に触れたりとかは嫌だなぁ。

「バンと同じやり方？」

それしかないかなぁと【ゲーム】を起動。

ささっと交易掲示板を利用して騎士だった残骸を1Lで売る。

《ピコーン！》

今度は【ゲーム】の効果音だ。

キャラクターの上で『！』がポップした。

《高性能肥料のレシピを思いついた！》

「うえぇぇ」

それってつまり、人の死体で肥料を作るってこと？

まぁそれを作ったりするのは宿に戻ってからだ。

クエストとやらも確認しないといけないし。

ともあれ死体の処分方法が見つかったのは良かった。

これからこんなことがあるたびにゲーム内に無駄なデータが溜まることになるのは、たまったものじゃなかったし。

…………いやいや、こんなことはない方がいいんだよ？

自分でもよくわからないけど怖いこと考えていたな。

とにかく帰ろう。

そうしよう。

人目は大丈夫だったと思うけど、そそくさと宿に戻る。

部屋に入ると、まずはステータスチェック。

名前：アキオーン
種族：人間
能力値：力45／体70／速23／魔20／運3
スキル：ゲーム／夜魔デイウォーカー／瞬脚／忍び足／挑発
魔法：鑑定

やっぱりスキルが増えている。

吸い殺した相手のスキルを奪えるのか。

それにしても挑発？

RPGとかで盾役が使うスキルとかのあれかな？

なんだかすごく挑発に引っかかりそうな人だったんだけど、そんな人がこのスキルを持っていてよかったのだろうか？

まぁ、それはともかく。

再び【ゲーム】を起動。

喉が渇いたので果実ジュースを買う。

これもゲーム内では家具か領民にプレゼントして友好度をアップさせるしかなかったアイテムなのだけど、買ってこちらに出せば飲むことができる。

血が口の中に残って生臭いとかはないんだけど、どれだけ飲んでも喉の渇きが癒えたとかいうのもないんだよな。

ともあれクエスト確認だ。

ええと、どこで見ればいいんだろう。

あ、役所でどうとか言ってたっけ。

役所に行く。

屋敷を最大にして領地開発も終わると用なんてなかったんだけど、話しかけると久しぶりの出番を喜ぶように「クエストです！」と叫んでいた。

クエストの内容は以下となる。


《酒造クエスト。

お酒を造るための酒造場を屋敷に追加するために必要なものを集めましょう。

酒造場が完成するとクラフト可能なカテゴリーにお酒が追加されます。

必要な物。

トレントの木材×10
酔夢の実×1

これらは領地内、冒険者派遣では手に入りません。交易で探しましょう！》

交易？
ええと……。
つまり、俺が探してこいってことだよな？
トレントってあれだよな？
魔物のトレントのことだよな？
動く木の。
酔夢の実っていうのは聞いたことがある。
ダンジョンでたまに手に入る魔法の果実で、中には極上の酒が入っているという話だ。
魔物も地上で探すぐらいならダンジョンに行った方が早い……と思う。
あれ？
これって……。
「ダンジョンに行けってて……こと？」
マジかぁ……。

03 ダンジョンへの挑戦（おっさん風味）

あれからしばらく……。

薬草を採りに行ったり、いつもの子たちから買ったり、ポーションを作ったり、商業ギルドで果物を売ったりした。

たまにフード娘たちの様子も見る。

彼女らは書写だけじゃなくて他にも室内でできる仕事を見つけてはそれをこなしている。

あまり宿から出ていないようで日に当たらない生活をしているのが心配になり、前の時のように果物を差し入れするようになった。

気が付くとそういう生活を繰り返していた。

おっさんの時間の流れって、油断すると一瞬だよね。

ダンジョン？

興味はあるけど腰が重いのです。

俺が悪いのか、それともおっさんだからか……新しいことをするのって億劫《おっくう》だよね。

商隊護衛なんかはやったことがあるし、卵のお使いの件は逆らいようのない方からの圧力があったり、賞金の件はさっさとあの首を片付けたかったっていうのがあったから割かし早く動けたけど。

こう、背中をせっつかれないとなかなか難しかったりね。

それでも、クエストの物品の情報を集めようとしたことはあるよ。

冒険者ギルドと商業ギルドで。

トレントの木材は貴族や金持ちの屋敷の建材に使われることがある高級木材だけれど、ものがものだけにダンジョンでドロップしても持ち帰るのが大変なため、あまり市場に流れることはない。

必要な時にはそれ専用のチームが作られるのだそうだ。

酔夢の実の方はたまに冒険者がダンジョンから持ち帰ることがあるけれど、いま王都の市場にはないそうだ。

で、どちらも手に入るダンジョンというと西の街だそうだ。

そう。ポーション需要が増えたっていう、あのダンジョン。

「行くんなら、冬になる前だよなぁ」

朝の冷気が心地よいのレベルを超えそうだ。

吐く息はとっくに白い。

あとちょっとって思っていると、このまま冬を越しそうだ。

「……よし」

どうせ、どこに行ったってやることはそう変わりない。

さっさと決断して動くとしよう。

そうと決めたらまずは商業ギルド。

葡萄《ぶどう》の時期は終わったので桃を収めつつ、リベリアさんに報告。

ちなみに桃は一個1000L《リーン》で売れた。

ここら辺だと見ない珍しい果物だけれど、美味《おい》しいので様子見の値段だそうだ。

あと葡萄よりも傷みやすいので輸送が難しいのも値段が上がりにくい理由だそうだ。

【ゲーム】の中だと年中採れるとか腐らないとか、本来の季節感的にいま桃ってどうなんだ？ と か色々あるけれど、この辺りだとメジャーじゃないのでそれで良しということで。

さっきの季節感の話だけど、こっちの世界的に新鮮な果物が出回る時期も終わるので、ダンジョンに行くのもちょうどいいのかもしれない。

「そうですか」

リベリアさんも残念そうだけど、やはりその辺りの理由があるからか引き止めてくれたりはしなかった。

いや、リベリアさんと個人的なあれこれがあったりしたわけでもないので、引き止められても……ねぇ。

「またリンゴの時期には戻りますよ」

「わかりました。お待ちしていますね」

にっこりと微笑《ほほえ》まれて送り出された。

後は冒険者ギルドで長期移動の手続きをしたり、いつもの子供たちに移動することを伝えたりする。

フード娘たちにもいつもより多めにリンゴをあげて、たまには日に当たるようにと言ったりした。

それで終わり。

長年王都で暮らしてきたはずなのに、それぐらいしか人脈がないというのが悲しい。

「まっ、そんなのはいまさらか」

前のはバンに壊されたので新しい革鎧《かわよろい》を着て、槍《やり》を担ぐ。
後は背負い袋。
それだけでそのまま王都の門を抜ける。
最初は乗合馬車を考えていたけどやめた。
たぶん、自分で走った方が早い。
「さて、後はこの道を進むだけ」
普通に歩いたら二週間。乗合馬車を乗り継いで五日ぐらい……だったか？
「どれだけ短縮できるか、やってみようか」
自分でテンション上げること言わないと、ほんとうにやる気がでない。
だっておっさんだから。
ちょっとずつ足を速めていって、王都が見えなくなる頃には全力で走ってみた。
もうこうなったら進むしかない。
さあ、がんばれおっさん。

名前：アキオーン
種族：人間
能力値：力77／体99／速40／魔30／運5

スキル：ゲーム／夜魔デイウォーカー／瞬脚／忍び足／挑発
魔法：鑑定

走りながらステータス確認。

ここしばらくの黄金サクランボを食べた結果だ。

毎日収穫分をちゃんと食べてたらもっと増えているのだけど、一つ食べるたびに頭に響くあのドラムロールがうるさすぎて……慣れたと思ったけど、やっぱりきつい時はきつい。

それでもここまで能力値が上がった。

相変わらず運は上がってくれないけど。

人目の多い時間はランニング程度の速度で走り、人気《ひとけ》のない夜には全力で走るということを繰り返す。日課の【ゲーム】をする時以外は休憩なし。

「ほっほっほっ」

結果として、西の街アイズワに到着したのは三日後だった。

馬車より二日早く着いた。

街に入る前に近くの川で水を汲《く》んで湯を沸かして体を洗う。

三日間走りっぱなしで体や服のあちこちに塩が固まっている。体臭も結構すごい。

お湯で濡《ぬ》らしたタオルで体を擦《こす》っていく。

タオルは【ゲーム】で次々と出すので毎回新しい。

それに実はちょっとした裏技があることに気付いてしまった。

テントを出し入れした時に気付いたのだけど、出し入れすると汚れが落ちているのだ。

だからさっきまで着ていた服や鎧、下着に至るまで全て交易を通して【ゲーム】に入れて戻すときれいになっているという寸法だ。

ちなみに穴が開いたり破れたりなどの過度の傷みは戻らない。

とりあえず体を拭きまくって汚れを落として、きれいになった服と鎧を着直す。

タオルなどを【ゲーム】の中に戻すと、西の街に入るべく門前の列を目指した。

王都ほど入るのに苦労はしなかった。

冒険者ギルドの登録証があると、荷物の検査ぐらいであまり足止めもされない。

冒険者ギルドの場所を聞いて、移動の報告をする。

こうやって誰がどこにいるのかをちゃんと報告することで、冒険者の移動の自由が守られているのだそうだ。

「アキオーンさんもダンジョンですか？」

移動の手続きをしながら受付嬢が聞いてきた。

「え？　あ……はい」

「もうすぐ冬ですからね」

「はぁ……？　冬だとダンジョンに潜る人が多いんですか？」

「ベルスタイン王国は雪が積もりますからね。外に出る仕事が減りますが、ダンジョンはそういうのは関係ありませんからね」

「ああ、なるほど」

確かに。

日雇いの仕事も雪かきがほとんどになる。

薬草集めも大変になって森まで行く者は少なくなる。

おかげで報酬も少しは割高になるんだけど。

そうか、ということはポーションも高くなるのか？

「宿が決まっていないなら早めに決めた方がいいですよ。あと、まとめて払えるならそうした方がいいです」

「そうします。ああ……それなら長期で契約できる宿って紹介してもらえたりは？」

「しますよ。春までなら10万Lです」

「昼も使えます？」

「もちろん」

王都の素泊まりよりお得な気が……？

気のせいかな？

「冒険者ギルドの直轄宿ですからサービスは期待しないでくださいね」

「はぁ、なるほど。では、それでお願いします」

「まとめてお支払いできます？　月ごとの分割でもかまいませんけど」

「いえ、いま払います」

背負い袋から出す振りをして【ゲーム】にチャージしたお金を取り出す。

「……はい、確かに。ではこのままご案内してもよろしいですか？」

「はい、お願いします」

お願いすると受付嬢が宿担当の人を呼んで、その人に案内をしてもらって宿に入れた。

冒険者ギルドに併設して作られた宿だった。

食堂部分でギルドの本館と繋《つな》がっているという造りだ。

宿は王都の素泊まり部屋よりちょっといいかも。

ベッドにはきちんとした布団があった。

「よさそうだ」

満足して荷物を下ろすと、その日は【ゲーム】をしながらご褒美ハンバーガーセットを食べて部屋にこもった。

《おめでとうございます。スキルゲット！　倍返しを獲得しました!!》
朝目覚めて気合を入れて黄金サクランボを食べているといつもの能力値アップに混ざってそのアナウンスが聞こえた。

名前：アキオーン

種族：人間
能力値：力85／体110／速45／魔40／運5
スキル：ゲーム／夜魔デイウォーカー／瞬脚／忍び足／挑発／倍返し
魔法：鑑定

それにしても体がよく上がる。

これって体力なのかな？

防御力も関係してそう。ＨＰＭＰの表記がないけど、鑑定を使いこなしているとその内表示されるのだろうか？

そんなことを考えつつ、支度を済ませて部屋を出る。

「おはようございます！　ダンジョンですか？」

「ダンジョンです」

受付嬢にそう答えると登録証を確認してから通行証を発行してくれた。

ダンジョンはこの街の領主が所有し、冒険者ギルドが管理を委託されていて、通行証がないと入れないそうだ。

発見済みのダンジョンはだいたいどこも同じらしい。

通行証は出入り口を管理する職員に渡し、出てきた時に返してもらう。

こうして、ダンジョンに入った冒険者を管理しているそうだ。

「一月以上ダンジョンから戻ってこないと死亡扱いにされてしまうので気を付けてくださいね」

「え？　そうなんですか？」

「一部の……有名な冒険者さんならもう少し期間を設けることもあるそうですけど、普通はそこまで食料なんかを持ち込みませんからね」

「ああ……なるほど」

「死亡扱いになると宿も解約になりますし、部屋の中に残してあるものはギルドの所有物ということになりますから、気を付けてくださいね」

「わかりました」

受付嬢にしっかりと注意事項を聞かされてから出発となる。

ダンジョンは街の外にある。

真新しい砦《とりで》のようなものに囲われた中にある光の渦が入り口だ。

ダンジョンは様々な富をもたらしてくれるが、崩壊という魔物を溢《あふ》れさせる災害の危険もあるので、こういう形で管理していないといけないそうだ。

通行証を渡して砦を通り、怖々と光の渦の中へ……。

石造りの空間が目の前に広がる。

ついに来た。

いつか来てやるとは思っていたものの、来ると緊張で胃が重い。

なんだか場違いだと思われてそうと、入り口の広間で足を止めている冒険者たちの中をそそくさと抜けて奥を目指す。

あちこちで戦っているような音がする。

俺の感覚が以前よりも鋭くなっているのもあるけど、石造りの通路で構成された迷路のせいか、音があちこちで反響しているのだ。

とりあえず先へ先へと進んでいく。

正しい道を進んでいるのかはわからない。

「そういえば、地図とか売ってなかったのかな？」

これだけ人がいるならそういう商売があってもよさそうなものなのに。

急ぎすぎてるかなと反省しつつも先へ進む足は止まらない。

むしろ足を止める方が怖い。

動けなくなりそうだ。

「キキッ！」

やがてそんな声が聞こえて曲がり角から魔物が現れた。

ゴブリンだ。

前にも見た緑色の魔物は、外にいる連中よりもちゃんとした腰巻きをして手にしている武器も鉄製のようだ。

見慣れたゴブリンで良かった。

向こうがこっちに気付く前に距離を取って槍を構える余裕があった。

ゴブリンの数は五体。

反撃される前に素早く叩《たた》きまくってゴブリンたちを倒すことができた。

「ふう……」

すぐに戦いが終わってほっとする。

ちょっと待ってみるとゴブリンの死体は消えてしまった。

代わりにそこには薄紫色の石が残る。

これが魔石。

色々と使い道の多いものだそうで、ダンジョンに入る冒険者たちはこれを集めて換金することが主目的になっている。

もちろん、奥へ行く実力者たちはその他にも様々な財宝や魔法の武器防具やアイテムを手に入れる好機がある。

さて、俺はどこまで行けるのか……あんまり無理しないぐらいにがんばってみよう。

次の階層への階段を見つけるごとに帰るためのポータルというものがある、というのを聞いていたので、今日は一階層が終わったところで帰ることにした。

広間の側《そば》にあるポータルに出てくるのだけど、そこからダンジョンに入ると前に使ったポータルのところに戻れるらしい。

便利だ。


「ふう」

魔石の換金も終わって、いまは冒険者ギルドの食堂でご飯を食べていた。

ギルドの食堂はあまり料理の種類がない。

その代わり、他よりも少し安い。

今日はスープとパン。

もぐもぐとそれらを食べながらダンジョンでのことを思い出す。

一階層ではゴブリンしか出てこなかった。

戦ったのは五回。

いずれも五体から三体の集団だった。

それらから手に入れた魔石を換金して３０００Ｌ。

危険と隣り合わせだということを考えたら……一人で薬草を採っていた方がマシ。

やっぱり、どんどん下の階に行かないとだめみたいだ。

ただ今の感じだとしばらくはなんとかなりそうだから問題ないと思うけど……。

数が増えると面倒かなぁ。

周辺の警戒とか、包囲された時とか……一人で対処していくのはいつか限界が来そうな気がする。

仲間、いるかなぁ。

考え事は、食堂のざわめきを切り裂く言い争いの声で停止させられた。

「ちょっと！　いい加減にしてよね！」

「なんでだよ。前衛を探してたんだろ？　俺たちでいいじゃねぇか」

「うっさい黙れ」

「……消えろ」

「なんだとてめぇ！」

そんな感じで言い争う声が聞こえてくる。

なんだなんだと見てみると、女性二人を囲んでいる男三人という光景があった。

気にしているのは俺だけじゃない。

周りの視線を集めたままギャアギャアと言い合いを続けている。

どうも、男たちは女たちを仲間に誘おうとしているみたいだ。

女二人は見た感じ、魔法を使う後衛職という感じ。

前衛をしてくれる仲間を探していたのだろう。

そこであの男たちが絡んできて、だけどいかにも別のことが目的ですみたいな顔つきを察して拒否しているという感じか。

女性は大変だな。

女冒険者が少ない理由ってここら辺にもあるよな。

え？　見ているだけ？

うん。

だって怖いよね。トラブルって。

それにひどいことになりそうなら周りの人も止めるだろうしね。

別に俺が無理をする必要は……。

「助けてください！」

ええ……。

そんなことを考えているおっさんの俺に女の一人が助けを求めてきた。

「な、なんで俺？」

「あいつらしつこいんです！」

俺の訴えを無視して女は言う。

「おう！　おっさん！　なんか文句あんのか!?」

「いやぁ……文句というか」

ああもう……しかたがない。

「なんだよ？」

男はでかい体をいいことに圧をかけてくる。

仲間の二人も囲んできた。

しかもこれ幸いと女二人が逃げた。

ひどいな。

もう。

「振られてるのにしつこいのはカッコ悪いですよ？」

あ、問答無用で拳を振り上げた。

そのまま振り下ろす？

でも、ちょっと遅い。

こっちの能力値が上がってるから、そう感じられるのか。

ひょいっとかわす。

「っ！　てめぇ……」

あ、避《よ》けられて怒った。

うーん。このまま喧嘩《けんか》は嫌だな。

男が二撃目の拳。

やっぱり遅い。

今度は避けずに片手で受け止める。

こういう時は握力だね。

「やめましょうよ。こういうの。みんなお腹空《なかす》いてるんだし」

「あっ！　がっ！」

拳に指が食い込んでいく痛みに男が堪《こら》えきれずに声を漏らす。

「てめぇ！」

ガン！

後頭部に衝撃。

後ろに回った仲間がイスを頭に叩きつけてきた。

「……痛ぁ」

「ぎゃあっ！」

痛い。

思わず拳を握っている手に力がこもるぐらいに痛かった。

おかげで手の中でボキボキって音がした。

たぶん、骨が折れた。

相手の。

「な、なんだよお前」

イスで叩いた方が驚いている。

もう一人は？　あ、腰の剣に手をかけてる。

さすがにそれは喧嘩の範疇《はんちゅう》じゃないって判断なのか、周りで様子見していた冒険者たちの気配が鋭くなった。

「うっ……」

それに気付かないほど、この三人も鈍感じゃなかったみたいだ。

「くそがっ！」

そう吐き捨てて去っていく。

去っていくなら止めないから、俺も拳から手を放す。

ええと……。

女たちは逃げてるし、なんだか俺も注目されてるし。

「……それでは」

仕方ないので俺も食堂から逃げ出した。


「あ、おじさん」

朝。

二度目のダンジョンに向かおうと宿を出たところで声をかけられた。

昨日の女二人だ。

ウィッチハットと、神官衣らしい白い服の二人組。

見たまんまなら魔法使いと神官なのだけれど。

「昨日はありがとうね」

「…………」

ウィッチハットの女が気楽な口調で言い、神官衣は黙って頭を下げた。

「……まぁ無事でなによりだね」

そう言ってそのまま二人の前を去っていく。

「ちょいちょいちょい！　おじさん！」

と、ウィッチハットが追いかけてきた。

「おじさん。それはないよ。こんなに可愛《かわい》い子が話しかけてるんだよ？」

「おかげで昨日はトラブったけどね」

「それはごーめーんー。でさ！　見てたんだけど、おじさんって強いよね？　ねぇ、あたしらとパーティ組まない？」

「はぁ？」

「将来有望で可愛い魔法使いと神官だよ？　全力で守ってあげたくならない？　ね？　ねね？」

……それってつまり、俺に盾役をやれって？

ああまぁ、スキルの【挑発】と【倍返し】があるから盾役はできると思うけどさ。

「ねね？　どう？　お試しだと思って今日だけでも⁉」

両手を合わせて頼むウィッチハット。

神官の方はぼーっとした様子で動かない。

お試しか。

はぁ……まぁいっか。

それに女の子たちとパーティを組むという状況に男としてウキウキしているのも事実。

「はぁ、じゃあ……ちょっと待ってて」

「やった！」

一度宿に戻る俺に、ウィッチハットが喜んだ。

宿の部屋に戻ったのは装備を変えるためだ。

【ゲーム】を使っているところなんて見られたくないからね。

槍を戻して……盾役ならやっぱり立派な盾はいるよね。鉄の盾にしよう。で、そうなると片手で槍はダンジョンだとちょっと使いにくいから振り回す系でメイスかな。

鎧……まで変えてたらさすがにやりすぎか。

【ゲーム】からメイスと盾を購入して装備。軽く構えたり振ってみたりする。

うん、問題なさそうだ。

「うわっ。すごっ！」

戻るとウィッチハットが大げさに驚く。

神官も目を丸くしていた。

「そんなの持ってたんだ。やる気満々じゃん！」

「ははは……」

そんな風に言われると照れる。

「ええと……まぁとりあえずよろしく。アキオーンだ」

「よろしくねおじさん！　ミーシャだよ」

「シスです」

ウィッチハットの魔法使いがミーシャ。

寡黙な神官がシス。

こうして、初めてのちゃんとしたパーティ（？）を組むことになった。


「さあ、ダンジョンにレッツゴー！」

明るい彼女たちとともに冒険者ギルドからダンジョンへと向かう乗合馬車に乗る。

自分の足で行くという考えはなさそうだ。

そっかぁ、ないかぁ。

とはいえ、他にもそういった冒険者はたくさんいるようなので、これは普通のことなのかもしれない。

馬車に乗っている間に軽く自己紹介をし合った。

俺の話はすぐに終了。

王都で子供の頃から日雇い冒険者してました。最近になって冒険者業をがんばろうと思ってます。以上。

語ることなんてほとんどないし、【ゲーム】のことは話せないし。

「じゃあ、次は……シスね！」

「私ですか……？　シスです。神殿で育ちました」

「はい」

神殿でっていうことは、才能があったから引き取られたのか、それとも口減らしで神殿の下働きとして預けられて神官になったたっていうパターンか。

「……以上です」

まったくわからなかった。

俺より短いとは。

「はい！　じゃあ次はあたし！」

シスのあの態度はいつもなのか、ミーシャは咎《とが》める様子もない。

「あたしはねぇ……」

ミーシャは貴族の子女だった。

とはいえ領地を持たない法服貴族という存在だ。官僚貴族とも言われている。国に多大な貢献をしたり、要職に就いた平民に授与される種類の爵位で一代限りの場合が多い。

ミーシャの家は代々宮廷魔導師団に一族を送り込んでいるので、貴族としての歴は法服貴族の中では長いのだそうだ。

ミーシャはそんな一族の分家筋の三女。そう聞くと一族内の地位は低そうだが、そうでもないそうだ。一族全体で貴族としての地位を維持しているので実力が物を言うらしく、そのためにミーシャもダンジョンで実戦経験を得たいのだそうだ。

「シスはねぇ。うちの家がある街の神殿にいてね。年が近いから友達になったの。魔法友達ね！」

「系統は違うんですが」

ミーシャが説明してくれた。

魔法を研究対象として様々に扱う魔法使いと、神に授けられた魔法を人々のために使うシスとでは系統が違う。

この世界の考え方では神に属する聖と魔の属性があり、他の属性はこの二つの衝突によって生まれているとされている。

魔イコール邪悪という考え方はない。

そうでないと魔法とか魔力とかあちこちに付いている『魔』という言葉を気軽に使っている理由にならない。

魔、そのものは悪くない。

だけど、属性としての魔には死や破壊、腐敗などのイメージが付いて回っているため魔属性の魔法……神魔魔法を使う者はほとんどいない。

「とはいえ、神魔魔法が司《つかさど》っているイメージって結局は攻撃に繋がる全ての魔法に宿るものであるわけだから、あたしたち魔法使いは遠回りながら神魔魔法を使っているっていう考え方もできるわけでね……」

ちょっと頭の軽い子かと思ったミーシャがちゃんと魔法使い的な知識を披露したことに驚いた。

そこまで話したところで乗合馬車はダンジョン前に到着した。

冒険者ギルド管理の乗合馬車だったから街の外に出る際の審査は免除されたらしい。なるほど、みんながこれに乗っていたのはそれが目当てだったのか。

ただし、帰りは色々と戦果もあるだろうからそういうわけにはいかないそうだ。


そんなわけで再びダンジョンへ。

一階からやり直しだけど、こっちもメイスと盾に持ち替えたので気にしない。

練習になるしね。

……すぐに生活に困らないだけのお金があると、こういう時焦らないからいいなぁ。

とはいえ余裕ぶるのも油断してるみたいだから気を付けないと。

「さあ、バンバンがんばろう！」

ミーシャの気合の声に押されて前進。

下りの階段までの道は覚えているのでさっさと進んでいく。

それまでに遭遇した戦闘は三回。

全部ゴブリン。

わずか三回。一階にいる冒険者が多いからという理由だろうけれど、普通のＲＰＧのダンジョンではありえないエンカウント率だと思う。

とはいえその三回の戦いでは、魔法を使うまでもなく俺のメイスが火を噴いたのですぐ終わった。

本当に火を噴いたわけではないよ？

相手の魔物も近接武器しかない状況だし、試しに【挑発】を使うと面白いように俺だけに向かってきたので、後は力任せにメイスを当てるだけでよかった。

「おじさん強すぎ。早く活躍したーい」

そんなことを言われながら二階へ。

二階になると現れる魔物はゴブリンだけじゃなくなった。

とはいえゴブリンがほとんど。

その代わり、盾を持っているゴブリンが増えた。

それから天井から襲ってくるダンジョンバットという大型の蝙蝠《こうもり》とか、ゴブリンに率いられたダンジョンウルフという黒毛の狼《おおかみ》が登場した。

「火矢！」

上空のダンジョンバットはミーシャに任せた。

こっちに突進してくるタイミングで放たれた炎の弾丸は連中の翼を焼いて地面に落とす。

もちろん、シスの神聖魔法も活躍する。

「防護強化」

ダンジョンウルフはゴブリンよりも動きが速く、連携を重視した数に任せた戦い方をしてくる。

しかも低い位置から襲ってくるので盾が使いにくい。

だから脚を嚙《か》まれる頻度が多くなるんだけど、シスの放った保護の魔法によって牙が肉に食い込むのを防いでくれる。

おかげであえて嚙ませて動きが止まったところをメイスで叩くという戦法で押し切ってしまった。

盾を持ったゴブリンたちは、力任せのメイスの一撃で吹き飛ばしていった。

うん、すでに今の段階で能力値だけなら過剰戦力かもしれない。

王都の冒険者ギルドの戦闘講師の能力値はもう超えちゃったからなぁ。

順調にダンジョンを進んでいく。

下の階層にも降りていく。

魔物もそのたびに増えていって、鎧まで着込んだゴブリンが襲ってきたり、犬頭のコボルトという種族が登場したり、ドロドロ系のスライムが出てきたり、宝箱の中から火を噴く偽物金貨が出てきたり、人魂《ひとだま》が出てきたりした。

俺たちは順調にダンジョンを攻略していった。


「……もう、無理ぃ！」

「無理です」

二人がそう言ったのは六階への階段を見つけたところだった。

魔力の回復のために休憩を挟みながら進んできたのだけど、体力というか精神力というか、そういうのが尽きてしまった感じだ。

「もうしばらくゴブリンとか見たくない」

「……祈りたいです」

そんなことを言う。

「そっか」

体感時間的には夕方になったぐらいかな？

頷《うなず》きながら受付嬢の言葉を思い出した。

なるほど、一日でこんなに疲れるなら一月も帰ってこないと死んだかもと思われても仕方がない。

昨日はじっくり一階を歩いていたけど、今回は三人だし、戦闘的に問題ないことがわかったので攻略に集中していたから駆け足になったところもある。

出来立てパーティなのに性急すぎたかな？

それに俺たちのそれぞれの鞄《かばん》も魔石でけっこう重くなっていた。

「なら、今日はここまでで」

「賛成！」

「お願いします」

二人の了解を得て階段の側にあるポータルに向かう。

外に出るとすっかり夜になっていて街への馬車もない。

こんな時のための素泊まり宿が砦の側に一応はある。

あえて一応なんて言葉を付けたのは、建物のそのものの質が悪いからだ。

急ごしらえの建物は隙間風もひどい。

雨風をしのげるだけマシというレベルだ。

しかも部屋数が少ないので、一つの部屋しか取れなかった。

一人なら自由に【ゲーム】からテントを出すんだけど、他人の目があるとそうもいかない。

「おじさん、襲ってこないでよ」

「しないよ」

「大声出すからね」

「だから、しないって」

これが思春期の頃なら甘酸っぱいやり取りのような気もするんだが、おっさんと若い子だと犯罪臭しかしない。

携帯食で簡単に食事を済ませてさっさと眠る。

次の日は朝一番に復路の乗合馬車に乗って街に戻った。

冒険者ギルドで魔石を換金し、三人で分ける。

なんと、一人当たり2万Lにもなった。

やはり下の階層に行くほど一度の戦闘で手に入る魔石の量が増えていった。

だから収入が増えるのは当たり前なんだけど。

ここまで増えるとは。

「やった……これなら新しい魔法が買える」

ギルドの食堂で報酬を分け合うと、ミーシャが言う。

「おじさんありがとう！　次は七日後ね!?」

「……へ？」

「その間は、ここの教会で祈っています」

「うん、シスもがんばれ！　それじゃあ」

「ちょちょちょ！　ちょっと待って」

いきなり七日後って……なにそれ!?


ミーシャの話を詳しく聞いてみると、一応、ちゃんとした理由はあった。

手に入れたお金で新しい魔法を買うのだという。

魔法を習得する方法は幾つかあるが一般的な方法では二つある。

師となった魔法使いに伝授してもらうか、買うかだ。

どちらであってもその魔法の構成を魔法陣という形で頭脳に入力してもらうことになる。

そういえば鑑定の魔法をファウマーリ様に授けてもらった時に魔法陣が光っていた。あれはそういうことだったのか。

で、ここはミーシャにとってはアウェイな街だけれど、ダンジョンがあるということで魔法を研究する魔法使いギルドの支部がある。そこで新しい魔法を買いたいのだそうだ。

で、ここからが問題。

新しい魔法というのは、買ったからすぐに戦闘で使えるというものではないらしい。使う訓練をして初めて、戦闘で即座に発動させることができるのだそうだ。

そのための訓練がミーシャのこれまでの経験上、七日、ということになるようだ。

そしてシスの神聖魔法の場合は神とどれだけ通じているかが新しい魔法を得る鍵になるそうなので、時間があるなら祈っていたいという。

二人にとってはそれが普通。

だけど、おっさんは知らなかったのでびっくりという。

なるほど。

王都の冒険者たちでも、よく戦士っぽい人と魔法使いっぽい人たちが口論している場面があったけど、もしかしたらこういう事情だったのかもしれない。

他人事《ひとごと》気分だったけど、もっと聞いておけばよかった。

とはいえ、うーん。

二人は修業のためにここに来ているのでお金儲《もう》けよりも新しい魔法を獲得できる機会にすぐに飛びつきたくなるのはわかる。

わかるけど、それだと待たされている俺の立場は？　ともなる。

パーティになったんだからね？

そこはある程度妥協してスケジュールの調整をすべきだと思う。

「ねぇ、それもっと短くならない？」

「ええ!?」

「そんな……」

俺がそう言うと、二人はあからさまに不満そうな顔を浮かべた。

見た感じ二人は二十代には入っていないが十代後半の上の方……十八とか十九とかにはなっていそう。

その年頃はこっちの世界では成人扱いされる年齢でもあるんだけど、なんとも子供っぽい。

やっぱり、たくましさとか世間ずれという意味だと子供の頃から日雇い冒険者をしている連中の方がしっかりしていそうだ。

だけど教育という面ではミーシャとシスの方がしっかりしているようだし、この点だけで良《よ》し悪《あ》しを判断するものでもない……か。

とはいえ……。

面倒になってきたな。

仲間が欲しいと思っていたのは事実だけど、長年一人でやってきた悪癖が顔を覗《のぞ》かせた。

悪癖だってわかってる。

でも、あの程度のダンジョン攻略で次は七日後ね、だとこっちが暇すぎる。

「わかった」

折れることにする。

というか、諦めかな。

どうせここに来た時にはソロでやるつもりだったんだし。

やれるかもと思ったから来たわけだし。

「君たちとは都合があった時に一緒にダンジョンに潜る関係ということで」

彼女たちの言い分にも理はあると思うけど、スケジュールが合わない人に無理に合わせなければならない理由が俺の方にない。

「君たちがいない間も俺は勝手にダンジョンに潜るし、場合によっては次の君たちの都合がいい時には、俺の方が都合悪くて断るってことがあるかもしれないけど、それでもいいね？」

「……ん、まぁしょうがいないね」

「わかりました」

やや不満そうな雰囲気を見せたものの、二人は納得したようだった。

「じゃあ、次の時もよろしくね！」

「それでは」

ミーシャはテンション高く、シスは小声だが礼儀正しく去っていく。

「はぁぁぁぁぁぁぁ……」

二人を見送った俺は長くため息を吐《つ》くと一度自分の部屋に戻った。

ちょっと自棄《やけ》気味に黄金サクランボを食べる。

十個まとめて口に頬《ほお》ばる。

《ド、ドドドルドルドルドルドルドルルルルルル……》

重なり合うドラムロールがやかましい。

そして上がっていく能力値。

だけど運だけは上がらない。

「俺のこの運って出会い運的なやつなんじゃないかな？」

そんなことを思いながらゲーム内の日課を済ませると、再び部屋を出る。

今度は歩いて街の門を抜けると、ダンジョンに潜った。

このまま一人で行けるところまで行ってやる！


メイスを振り回してどんどん下へと進んでいく。

六階からは罠《わな》が出てくるようになった。

とはいえ膝までぐらいの落とし穴だったり、ダーツぐらいの矢が飛んできたりするぐらいだ。

痛いし、場合によっては大怪我《おおけが》したりするだろうけれど、いまのところは大丈夫。

むしろこれぐらいの時に罠に警戒する能力を身に付けろと言われているみたいに感じる。

魔物も序盤は弱いこともあって、なんというか、初心者に優しい感じだ。

そして俺は……。

ずんずんと進んでいく。

新兵器を投入したのだ。

その名も鉄の全身鎧！

これなら魔物からの多少の打撃を無視できる。

ダンジョンバットの攻撃は通じないし、ダンジョンウルフの噛みつきも弾《はじ》き返《かえ》す！

十階に近づいてくると弓を持ったゴブリンアーチャーや魔法を使うゴブリンシャーマンも出てきたけど、鎧のおかげで弾き返したり我慢したりできる。

後は、【瞬脚】を使って一気に距離を詰めてからメイスで殴ればいい。

頑丈な奴《やつ》には【倍返し】を乗せて殴るとよく通じた。

魔石は背負い袋に放り込み、一杯になるとゲーム内に移動させた。

この十階でもあちこちで戦っている音が聞こえては来るけれど、近くにはいない。それに数も一階に比べれば段違いに少ない。

休憩できそうなタイミングは逃さずに使い、食べ物も我慢せずにゲーム内から購入した。

「ふう……」

鶏のもも肉を齧《かじ》りながら、少し先にある立派な扉を見る。

「ボス部屋かな？」

これまで見たことのない立派な扉だから、きっとそうだろう。

食事を済ませ、ゲームを確認する。

果樹が生《な》っていると一日が過ぎたという判断だ。

これでもう三回黄金サクランボを収穫したので、三日は過ぎたということになる。

デザートの黄金サクランボを食べて能力アップ！

「よし、行くか！」

兜《かぶと》を被《かぶ》って立ち上がると、扉の中に入った。

ガチリ。

背後で扉が閉まるとそんな音がした。

試しに手をかけてみても開く様子がない。

鍵をかけられたのか、それともこっちからでは開けられない仕様なのか。

「……もう逃げられないってことか」

ずっとダンジョンに潜っているからか恐怖心が麻痺《まひ》している気がする。

いつもの自分では考えられないぐらいにすっと覚悟ができて、盾とメイスをしっかり握った。

広い部屋の中央には一塊の集団がいた。

ゴブリンたちだ。

【鑑定】でチェック。

ゴブリンジェネラルを中心にゴブリンソルジャー、ゴブリンアーチャー、ゴブリンシャーマンと、いままでに出会ったゴブリンたちが勢ぞろいしている。

槍を構えたコボルトたちもいる。

もうこれは、立派な部隊だ。

さて、どうやって戦おう。

あ……。

そこで、思いついた。

もしかしたら、思いついたらいけないことだったのかもしれない。

でも、思いついたんだから仕方ない。

それはつまり、魔物の血を吸ってもスキルは手に入るのか？

試してみる価値はあるかな？

それならと【夜魔デイウォーカー】を使う。


カチリ。

††？？？††

くっはぁぁぁぁ……。

やっと出番か。

くく……前は緊急事態だったが今回はそうでもないな。

魔物の血を吸ったらどうなるか、か？

いいところに気が付いたな。

「それならついでだ」

吸血鬼の戦い方というものを教育してやろう。

「その前に……」

なんだこの鎧は？

邪魔くさい。

ずるりと……鎧から抜け出す。

【血液化】という。【夜魔デイウォーカー】を使用中にのみ使えるスキルだ。

それを使って鎧から抜け出す。

だが、このままだと服も脱げてしまうから全裸になる。

ゴブリンの一団ごときこの状態でも問題ないが、今回は教育が目的だ。

【血装】を使う。

己の血を武器や防具とする、同じく【夜魔デイウォーカー】使用中のみのスキルだが、これで服を作る。

「さあ、これで……」

と、こちらが準備をしていたというのに、無粋なゴブリンどもは遠慮なく接近し、俺に棍棒《こんぼう》の一撃を見舞ってきた。

他のゴブリンやコボルトたちも剣や槍を好き放題に突き刺してくる。

「……まぁ、落ち着けよ」

他の生物なら即死間違いなしの状態だろうとも、俺なら問題ない。

「相手の準備中に襲いかかるのは無粋だと習わなかったか？」

【血液化】ですり抜け、すぐ側で再構築する。

だが、剣や槍に刺され、奴らに飛び散った血はそのまま。

「そういうのは好かないね」

【血装】を使う。

奴らに付着していた血が針となって突き刺さる。

「グッ」とか「ギャッ」とか悲鳴が上がるが、そんなチクッとしただけの痛みでこの攻撃は終わらない。

針は牙に変わってさらに肉に食い込み、血を啜《すす》る。

啜った血は牙の根元から宙へと飛び出し、そして俺へと向かってくる。

「わかるか？」

俺は、この体の主人に話しかける。

「吸血鬼を腐肉野郎《アンデッド》どもに類別したがる馬鹿野郎どもがいるが、俺たちは違う。俺たちが操るのは命だ。俺たちは命の究極を目指す存在だ」

瞬く間に干からびたゴブリンどもだが、すでに次なる攻撃がゴブリンジェネラルによって発せられ、ゴブリンアーチャーが矢を放ち、ゴブリンシャーマンが火矢の魔法を撃つ。

矢が胸に刺さり、火矢が全身に火を走らせる。

「……まぁ、死ににくいからと回避を怠るのが俺たちの悪いところでもある。あとお前、ちょっとは魔法を覚えろ。そうすりゃ自然と、魔法に対抗する術《すべ》も身に付く。で……」

【血液化】で矢を落とし、燃え盛っている部分を破棄しつつ、ゴブリンジェネラルたちへ肉薄する。

正面を守っていたゴブリンソルジャーたちが慌てて身構えているが、そんなものは無視だ。

【血液化】そして【血装】。

この体の主人の異様な能力値を利用した疾走の慣性を利用し、全身を血液と変えた後に血の薄刃に変化する。

自走……いや、自飛するギロチンの刃だ。

ゴブリンソルジャーはまとめて両断され、その奥にいたゴブリンアーチャーやゴブリンシャーマンも同様の運命を辿る。

が……。

「ゴブッ！」

さすがに勢いが殺された。

ゴブリンジェネラルの腹に食い込んだところで血刃が止まる。

だが、内臓が零《こぼ》れるほどに腹を裂かれては、たいがいの生命は動けなくなる。

「と、まぁ……いまのところはこれぐらいかな？」

他にもできることはあるが、こいつら相手だと使う場面もないな。

「俺が出てこなくても使いこなせるようになりな」

そう言い残し、俺は腹を割かれて倒れているゴブリンジェネラルにとどめを刺すべく、一歩を踏んだ。

名前：アキオーン
種族：人間
能力値：力105／体130／速56／魔43／運5
スキル：ゲーム／夜魔デイウォーカー／瞬脚／忍び足／挑発／倍返し／不意打ち強化／支配力強化／射撃補正／剣術補正／嗅覚強化／孕《はら》ませ力向上
魔法：鑑定／火矢

次の階層に繋がる階段への道が開いたのでそれを下りてから休憩しつつ、ステータスを確認。

スキルが増えてる。

驚くことは色々あるけれど、本当に【夜魔デイウォーカー】で血を吸って倒すと相手のスキルを奪えた。

すごいことだ。

すごいことなんだけど、それより……。

【夜魔デイウォーカー】って、意思がある？

バンと戦った時は俺の中の厨二魂が発現したのかと思ってたんだけど、そうじゃない？

ええ……なにごと？

二重人格とかそういう可能性も考えたけど、それにしては吸血鬼のことに詳しかった。【夜魔デイウォーカー】中でないと使えないスキルがあるなんて、俺が知るはずもないし。

はぁもう、なにがなにやら……。

そしてさらにこれ、【孕ませ力向上】ってなにさ！

封印だ封印。

清い男女交際なんて経験のないままおっさんになったけど、夜のお姉さんたちにはお世話になったこともある。

そんなとこで【孕ませ力向上】なんかが大活躍したら不幸の量産でしかない。

なんとかスキルの封印を……あ、できた。

名前：アキオーン
種族：人間
能力値：力105／体130／速56／魔43／運5
スキル：ゲーム／夜魔デイウォーカー／瞬脚／忍び足／挑発／倍返し／不意打ち強化／支配力強化／射撃補正／剣術補正／嗅覚強化／孕ませ力向上（封印中）
魔法：鑑定／火矢

ふう……びっくりした。

とりあえず、それ以外の戦果の確認もしようかな。

戦いが終わったら真っ裸だったし、後ろで扉の鍵が開く音がしたりしたから慌ててここに来たんだよね。

服を着て、鎧を着て……。

かき集めた魔石は【ゲーム】に入れておく。

他人の目がないとこういうことが気楽にできていいね。

とりあえず、次はこれ。というかメイン！

宝箱！

ゴブリンジェネラルたちが倒れていた場所に魔石とこれが残っていた。

十階クリアのご褒美宝箱だよね。

なにが出るかな？

なにが出るかな？

ホニャラハンハンホニャララ♪


パカッと。


「ん？」

ポーチ？

ベルトに付けるタイプのポーチだよね？

なんでこんなものが？

こういう時は、【鑑定】だ。

『マジックポーチ：低級。内部には５×５×５㎥の空間がある』


出た、アイテムボックス的なの。

助かる。

【ゲーム】もアイテムボックスみたいに使えるけど、ちょっと段取りが面倒だからね。

とりあえず、【ゲーム】に入れておいた魔石を全部こっちに移す。

内容量的には……元の世界のワンルームぐらいの空間かな？

低級ってのが気になる。

「まっ、これ以上は使ってみないとわからないかな」

さっそくベルトに付けてっと。

じゃあ攻略再開……メイスを持って……って、そういえば剣術補正っていうスキルを手に入れたのか。それなら剣に変えてみようかな。

【ゲーム】を起動。

重量級な感じの剣ってなるとグレートソード？　大きすぎるかな？　普通は両手で持つものだよね？

でも、片手で振れるなぁ。

これが力１０５の恩恵かな？

よし、これでやってみよう。

準備も終わったし、さあ、いざ攻略再開だ。


とりあえず十五階まで攻略した。

ホブゴブリンやオークが姿を現すようになったり、ゴブリンシャーマンやゴブリンアーチャーの出てくる確率が増えて、遠距離対策が必須になっていた。

とりあえず、俺一人なら耐えられるのでそのままごり押ししたけど。

あと火矢の魔法を覚えていたので使ってみたけど、狙いを付けるのがなかなか難しい。

たぶんだけどスキルの【射撃補正】が狙いを付ける助けになってくれているみたいだけど、これがなかったらもっと練習が必要だったと思う。

敵を見つける↓【火矢】連射↓接近したら鎧の防御とグレートソードの振り回しで対抗。

いまのところ、これでなんとかなった。

まだまだ行けるだけの体力と精神力はあったけど、約束の七日後が近づいたので、十五階で一度戻った。

ああ、でもこれ、ポータルのシステム的にどうなんだろ？

たしか、あの子たちと行ったのは六階だったよね？

でも、俺はもう十五階なわけで。

あれ？　これ俺がやり直さないとだめな状態？

いや、わかってたんだけど……わかってたんだけど……ここまで順調に行くと思ってなかったからなぁ……。

いまのところトレントも見つかってないし、このままだともっと深くに行かないといけないんだけど。

……まぁ、焦る必要もないし、いいか。

とりあえず戻ろう。

ポータルで戻って、人目を避けて鎧を脱いでから乗合馬車でアイズワの街へ。

まずは冒険者ギルドで魔石を換金しよう。

魔石の換金所で順番待ちしていると、いきなり聞いたことのある声に止められてしまった。

「あ、おじさん！」

うわぁ……いきなりかぁと思いながら振り返る。

……と？

「あれ？」

ミーシャとシスが並んでそこにいた。

ただし、二人の間にもう一人いる。

しかも、男。

しかも、腕を組んでいる。

男は……うん、イケメンだね。

二十代前半くらいかな。爽やかな顔立ちだ。

「ええと……久しぶり」

「おじさん！　実はさ、パーティの件、なしでもいい!?」

これはどういう展開？　と思っているとミーシャの方が勢いよく話し出した。

「実はさ、この人とパーティを組むことになったんだ！　だから、ね！」

なんてことを言う。

「あはは……すいませんねぇ、おじさん」

爽やか君は申し訳なさそうにしている。

「ごめんなさい。この人の方があなたより強そうだから」

シスが感情のない声で無情なことを言う。

「ああ……」

そして俺は……。

「そっかぁ、それじゃあ仕方ないね！」

やり直さなくていいとわかって大歓喜。

「うん、まぁ、都合が合わなかったら仕方がないって話だったからね。わかったよ」

「よかったぁ。おじさん納得してくれて！　それじゃあね」

「では」

「すみません」

「がんばって！」

俺は去っていく彼女たちに元気に手を振った。

「まぁ、元気出しな」

同じく順番待ちしていた同い年ぐらいの冒険者が慰めの言葉を投げかけてくる。

ただし、表情にはちょっと馬鹿にした雰囲気がある。

パーティとはいえ公衆の面前で振られたからね。

しかも、いい歳《とし》したおっさんが若い娘に。

他からもそういう視線がある。

「ああいう若いのは勝手なもんさ」

「ええ、わかってますよ」

だけど俺は気にせずにこにこしている。

なにしろおかげで、懸念が一つ消えたのだから。

それでも同い年ぐらいのおっさん冒険者は俺を慰めるつもりなのか舌がなめらかになっただけなのか、自分の失敗話を始めた。

そうしていると順番がやってきた。

「あ、マジックポーチですね」

俺が換金所の前に置かれた籠の前でポーチを開いていると、ギルドのお姉さんが小さくそう言った。

「十階攻略おめでとうございます」

「わかるんですか？」

「ええ、それは十階のボスフロアの宝箱から出るアイテムですから」

「へぇ」

出るものが決まっているのか。

でも、あっちの世界のＲＰＧとかでもドロップアイテムは決まっていたりするし。そういうものなのかもと納得し、ポーチを開いて籠の上で逆さまにする。

十五階までで溜《た》めた魔石がざらざらと出てくる。

その量に、換金所の周りにいた人たちがざわついた。

魔石は、籠が一杯になってもまだ止まらない。

「ちょ、ちょっと待ってくださいね」

お姉さんは後ろに向けて助けを呼んでから籠を抱えて、新しい籠を用意する。

それにまた魔石をざらざらと出していくのを、三回繰り返した。

「ずいぶん溜めていたんですねぇ。マジックポーチが一杯になってたんじゃないですか？」

「え？」

お姉さんの言っている意味がわからずに首を傾《かし》げる。

いや、鑑定の結果通りならまだまだ余裕があるはずだけど。

「ともあれすごい量ですね。この重さですと……60万Ｌになります」

「ふおっ！」

「ひえっ！」

あまりの額に変な声が出て、お姉さんを驚かせてしまった。

「な、なにか問題が？」

「すいません、驚いただけです。それでいいです」

「はぁ……もう……」

お姉さんは少しぶつぶつ言いながら奥からお金を持ってきて渡してくれた。

思わぬ金額なので、とりあえずマジックポーチに入れておく。

「ありがとうございました。次もがんばってくださいね」

お姉さんの営業スマイルに見送られ、その場を離れる。

「お前、実はすごい奴だったんだな」

さっきのおっさん冒険者がそう声をかけてきた。

「あの姉ちゃんらは損をしたってわけだ」

そう言って笑う。

「ははは……」

愛想笑いしか返せなかったけれど、その言葉がなんとなく嬉《うれ》しいと思えてしまった。

なにしろいままで、捨てられる側でいた方が長かったから。

04 『要塞』の誕生

宿でお湯を頼んで部屋で体を拭う。

ダンジョンで着ていた服とか鎧《よろい》とか武器とかは全て一度【ゲーム】に入れてきれいにする。

そして換金したお金も半分は【ゲーム】に入れておく。

残りは……とりあえず明日から少し休みを取るつもりなので使うかもとマジックポーチに残しておく。

さて、食事はどうしよう？

荷物のやり取りの時から起動しっぱなしの【ゲーム】を操作してクラフト台に移動する。

表示されるクラフト一覧から食べられるものの項に移動して眺める。

ダンジョンの中でもストレス解消のために食べられる時はしっかりしたものを選んでいたけれど、とはいえ保存食だった時の方が多い。

「和食。がっつり」

さすがにダンジョンで箸を使って食べるようなものは選べなかった。

ご飯が食べたい。

それでいてがっつり。

となると丼か。

かつ丼、親子丼、天丼、海鮮丼……。

「よし、かつ丼にしよう」

海鮮丼にもちょっと惹《ひ》かれる。この世界は生食がありえない衛生状況なので、刺身や寿司《すし》のことを思い出すとそれだけで、お腹《なか》が鳴る。

だけど今日は温かいものをお腹に入れたい気分なので、海鮮への欲はまた別の日に解消するとしよう。

熱々のとんかつに出汁《だし》と混ざったとろとろの卵が染み込んだものがご飯の上に載っている。

かつを齧《かじ》り、ご飯をかき込む。

「うまひ」

口の中をいっぱいにしてもぐもぐする。

米を噛《か》む感触というのは脳内麻薬を分泌するなにかがあると思う。そこにとんかつと卵と出汁の味が混ざってさらに美味《うま》さが加速する。

「うまひ」

つまりはそういうことになる。

「……ごちそうさまでした」

お腹が満ちた後はごろごろしながらゲーム内の領地を整備する。

ダンジョン内だと果実の採集とか最低限のことしかできなかったからね。

領地内に生えた雑草などを排除しておかないと畑や果樹園の実る個数に影響が出てしまう。

後は領地で増やせない肉系の食材を商店で買ったり、それと畑の野菜で食べ物とかをクラフトしたり、冒険者を派遣して周辺の魔物を駆除したり。

領地のメンテはけっこう小まめにしておかないと。

「ああ、魔法」

冒険者に支援する魔法のアイテムを作っていて、思い出した。

【夜魔デイウォーカー】の人格？　が言っていた魔法を覚えろという言葉。

魔法は買って手に入れることができる。

いままではお金がなくてそんなことできなかったけど、いまならできる。

試しにやってみてもいいかも。

「ふぁ〜あ」

ゲームをしていると何度もあくびが出てくる。

やっぱりなんだかんだで疲れているのかも。

なんとか領地の整備が終わったので、【ゲーム】をオフにして眠ることにした。


翌日。

ダンジョンでの習慣が抜けず浅い眠りを繰り返したせいかひどく疲れてしまった。

あんまり寝なくても大丈夫だと思ってたんだけど……いや、疲れたのはこの変な寝方のせいか。

部屋を出て井戸場で顔を洗い、食堂に行く。

温かいスープとパンだけの朝食だけど胃がぬくもると目も冴《さ》えてくる。

【ゲーム】でご飯を出した方が美味《おい》しいんだけど、たまには人のいる場所にいないと情報収集もできない。

と、もともとざわざわしていた食堂がさらにうるさくなった。

「おい、あれ」

「ああ、『鋼の羽』だ」

なんだと思ってそちらを見ると四人組が食堂に入ってきて、カウンターで朝食をもらうために並んでいるところだった。

「三十階まで行ってるんだろ？」

「らしいな。今年は突破するのかな？」

「『炎刃』とどっちが早いかな？」

どうやら有名なパーティのようだ。

特に一人の女性に目が吸い寄せられる。

女性……というだけでなく、四人の中で一際若い。二十歳《はたち》に届いていないかもしれない。

若くてきれい……だけじゃなく凛《りん》とした雰囲気もある。

以前に会った、バンを追っていた令嬢に似ているように思えたから、もしかしたら貴族とか騎士とかの家の出なのかもしれない。

「うわ、『炎刃』まで来た」

またそんな声がした。

宿の方から新しい集団がやってきた。

赤髪の勝気そうな女性を先頭にした、こちらも四人組だ。

食堂の空気がしんと静まり返った。

好敵手の二パーティがいることでなにかが起こることを危惧しているような、期待しているような空気だ。

だけど、どちらもそんな空気を気にした様子もなく、食事を受け取り、別々のテーブルで食べている。

期待外れのがっかり感がなんとなく流れている。

その内に、どちらが先に三十階を攻略するのだろうという話で再び空気がざわつき出し、俺は食事を終わらせて部屋に戻った。

まだ動く気になれなかったので、【ゲーム】を起動しつつ黄金サクランボを摘《つま》みながらダラダラと過ごす。

食べきれなくて数が溜《た》まっていたので、脳内のやかましさに我慢しながら食べていく。

名前：アキオーン
種族：人間
能力値：力110／体140／速60／魔44／運5
スキル：ゲーム／夜魔デイウォーカー／瞬脚／忍び足／挑発／倍返し／不意打ち強化／支配力強化／射撃補正／剣術補正／嗅覚強化／孕《はら》ませ力向上（封印中）
魔法：鑑定／火矢

がんばって二十個食べたところで終了。

うーん、力と体力に偏りすぎている。

そして運が本当に上がらない。５が上限だと言わんばかりの停止っぷりだ。

「さて……そろそろ動こうかな」

ゲームでやることもなくなってきたし、街の店もほとんど開いたことだろう。

思い切り伸びをすると、部屋を出た。


冒険者ギルドで魔法屋の場所を聞くとすぐに教えてくれた。

ちゃんと暇そうな時間を選んだから、受付嬢も余裕をもって丁寧に説明してくれたので、これならすぐわかるだろう。

「ああ、そうだ」

ついでに質問してみる。

「王都のギルドでトレントを探すならここのダンジョンって言われて来たんだけど、何階ぐらいにいますかね？」

「トレントですか？」

受付嬢は難しそうな顔をした。

「トレントが出るのは三十階だと聞いています。独力で向かうのは難しいですよ」

「そうなんですか？」

「ええ」

受付嬢さんが言うには、このアイズワの街のダンジョンでの最高踏破記録は四十階。

これは国内で最強のパーティと言われている『英雄の剣』が打ち立てた記録だそうだ。

その後は三十階で足止めを食らっているパーティがほとんどだそうだ。

「今年は『鋼の羽』と『炎刃』の二パーティがいらっしゃるので、そちらならいずれ三十階に到達するはずですから、トレントの素材が必要なのでしたら、彼らと交渉してみるのがいいのではないですか？　ギルドとしては依頼として出してくださると嬉《うれ》しいのですけど」

「はは～、考えてみます」

三十階か。

自力でやってだめならその方法も考えてみよう。

とりあえずは魔法屋だ。

言われた通りの道を進むと十分ほどでそこに辿《たど》り着《つ》いた。

「いらっしゃいませ」

店番をしていたのは眼鏡《めがね》の少女だった。

「魔法屋さんだよね？」

「はい、そうですよ。冒険者さんですよね？　初めてですか？」

「ええ、まぁ……」

「では、簡単に説明しますね」

と、話し出した。

「こちらは購入していただいた魔法を使えるようにするお店です。使えるようにできる魔法はこちらの一覧にあるものだけです。これは冒険者ギルドの登録証を持っている方向けの一覧です。資格の有無によってお売りできる魔法は違いますので、もし、冒険者ギルドの登録を解除するような場合は気を付けてくださいね」

資格によって売れる魔法が違うのか。

なんだか銃みたいだと思った。

と……ふと思った。

「……すみません、魔法屋で買う以外の手段で手に入れた魔法はどうなるんですか？」

「どんな方法かは聞きませんが、冒険者なら冒険者ギルドの規則を守っていれば問題ありません」

つまり、自衛や冒険者活動以外で使わなければ問題ないってことか。

そのことにほっとして、説明を続けてもらう。

「こちらでは魔法を使うための式、魔法式を頭の中に強制的に記憶させます。ですので、記憶した通りの魔法を使うことはできますが、それを応用的に変化させるような使い方はできません。これはあなたに魔法使いとしての基礎知識がないからです」

なるほど。

「ですが、消費する魔力で効果を倍増させるようなことはできます。基本的に全ての魔法は魔力を

1消費します。つまり、あなたの能力値にある魔の値が、そのまま一度に使える魔法の回数だと思ってください」

「はい」

「1の消費を2にすることで威力や効果を上げることができますが、これは単純に二倍や三倍になるというわけではありませんので注意してください」

「ほうほう」

「それ以外でも、威力や効果などは能力値の魔の値で変わりますので、手に入れた魔法は一度、安全な場所で使い勝手を試してみることをおすすめします」

「あの、使いこなすのに一週間はかかるって聞いたのですけど？」

「それも嘘《うそ》ではないです。特に攻撃に使うような魔法は正確に相手に命中させるために訓練を必要とします。特に魔法使いなどの専門的な方は、自分なりの応用を利かせるために魔法を解析して改良したりする方もいるでしょう」

「はぁ、なるほど」

ミーシャたちは嘘を吐《つ》いていたわけじゃないんだな。

いや、疑ってたわけでもないんだけど……一応ね。

「とりあえずの説明は以上です。なにか質問がありましたらどうぞ」

「思いつかないので、まずは一覧を見てもいいですか？」

「はい、どうぞ。あちらのテーブルを使ってくださって結構です」

「ありがとう」

「わからない魔法がありましたら、説明しますので。では、ごゆっくり」

俺が指定されたテーブルで一覧を眺め始めると、眼鏡少女はカウンターで読書を始めた。

とはいえ一覧に載っている魔法はそんなに多くないし、簡単な説明も付いている。

向こうの世界でやっていたRPGの基礎知識がこちらでも役に立ったので、念のための質問をいくつかして、買う魔法を選んだ。

買ったのは、【明かり】に【対物結界】【対魔結界】と【斬撃強化】に【打撃強化】、そして【回復】と【解毒】。

「では、全部で30万Lです」

眼鏡少女はにこにこと値段を告げる。

高い。

特に【回復】と【解毒】が高かった。

理由を聞くと【回復】と【解毒】は医療行為として利用が可能なため、高く設定せざるを得ないのだという。

みんながもっと簡単に怪我《けが》や毒を治せたりした方がいいとは思うが、それで利益を得ている一部の人たちにとっては、自分たちの持つ特権を簡単に侵されたくないのかもしれない。

「でも回復の魔法って神官が使うものだと思ってましたよ」

「魔法使いと神官は魔法の身に付け方が違うだけですよ」

と眼鏡少女は言う。

魔法使いは学問として魔法を身に付け、神官は神に祈りを捧《ささ》げ、奉仕することで神に魔法を授けてもらう。

「神が授けてくれる魔法にはいまだ魔法使いが開発できていないものもありますし、魔法使いには神が授けてくれない独自のものがあります。違いはありますよ」

「なるほど」

そういえば、神がいるなら俺の転生にも関わっているんだろうか？

感謝とかした方がいいのかな？

お布施？　お祈り？

横道にそれたことを考えながらお金を払うと、眼鏡少女は扉に「一時閉店」の札を下げ、俺を奥の部屋に案内した。

そこには一部が欠けた魔法陣があり、俺をその中央に立たせると、欠けた部分に奥の棚から取り出した石板をはめ込む。


「これであなたの頭に魔法式を記憶させます。一つずつしかできないので時間がかかりますよ」

「はい」

「では…………………」

眼鏡少女がなにかを唱えると、魔法陣に光が走り、俺の頭にその光が飛び込んできた。

「うっ！」

すごく……頭が痛い。

黄金サクランボで頭痛には慣れたと思っていたのに。

頭痛にも種類があるのか？

ファウマーリ様に鑑定を授かった時にはこんなことはなかったような？

なんだろうこれ。上手《うま》い下手《へた》の違いとか、そういうのだろうか？

「さあ、一つ終わりです。次々行きますよ〜〜」

「うう……はい」

気合を入れる眼鏡少女とは真逆に、俺はこれから続く頭痛を考えてげんなりとした。


魔法を覚えた時の頭痛にぐったりして、その日は宿に戻るなり寝た。

気が付いたら翌朝。

晩御飯も食べ損ねていたので、今日は良い物を食べようと【ゲーム】を起動。

今度こそ海鮮……と思ったけど朝から生魚の気分じゃない。

天ぷらうどんに変更。

おにぎりも付けてこれで元気を出す。

さて、魔法の練習でもしよう。

覚えた魔法は【斬撃強化】と【打撃強化】以外はここでも試すことはできる。

「まずは【明かり】っと」

部屋の窓を閉めて使ってみると、すぐ側《そば》に青白い光の球が現れて……。

「ぎゃっ！」

凄《すさ》まじい光に目を焼かれて悶《もん》絶《ぜつ》した。

こ、光量が強すぎる！

「か、解除！　解除！」

慌てて解除し、目に【回復】の魔法を使う。

痛みが引いて、怖々と目を開けると、ちゃんと見えた。

「びっくりした。失明したかと思った」

能力値の魔の値で効果が変わると言っていたけど、こういうことなんだろうか？

「ええと、どうやって暗くするんだっけ？」

頭の中で考えるとすぐにそれがわかった。もともと光量調節の機能はあったみたいで、弱くする分には追加消費は要らないみたいだ。

とりあえず、部屋を照らすＬＥＤライトぐらいをイメージして、もう一度【明かり】を使う。

ぱっと、部屋が白く照らされた。

「これはいい」

こっちの世界の照明設備はそこまで良くないから、ここまで明るくなるのは助かる。

それから【対物結界】と【対魔結界】も試す。

【対物結界】はやや白い光、【対魔結果】は薄紫の光で全身を包む。

振り回さなければ問題ないかとグレートソードを出して【斬撃強化】と【打撃強化】をかける。

【斬撃強化】は刃部分を、【打撃強化】は全体を、そしてどちらも淡い赤色の光で包んだ。

効果時間は明かりが一時間で、結界と強化はどちらも五分。

訓練場で試してみようかなと思ったけどグレートソードを振り回すのがどうも気恥ずかしくて、とりあえずメイスだけをベルトに引っかけて部屋を出た。

訓練場は人がいっぱいだった。

あちこちで打ち合い、気合の声が響く、打ち込みの練習をするためのかかしの前にも人がいっぱいで練習する場所がなかった。

王都のギルドではこんなに人がいっぱいな光景は見たことがなかったので驚いた。

「さすがはダンジョンのある街は違うなぁ」

「はは、違う違う」

観客席のところに立ってそんなことを呟《つぶや》くと、それを聞いた近くの人が言った。

「見てみろ」

とその人が指差した先は俺たちがいる観客席の反対側。

そこには昨日食堂で見た『鋼の羽』と『炎刃』が並んでいた。

「三十階攻略のために新しい仲間を募集してるんだってさ」

「二つのパーティが同時に？」

「ああ、どうも三十階にいるボスが一つのパーティで倒すには難しいんだとさ。だから協力するし仲間も集めるんだと」

「はぁ……三十階ってそんなに難しいんだねぇ」

「ああ、俺も聞いた話だけどな。三十階……ていうか二十一階から三十階までが一つになったとんでもなく広い空間なんだってさ。で、そこをボスがうろうろしてるんだと」

「それはすごい」

「なぁ、すごいよな」

そういえば今話しかけているのは換金所で話をしたおっさんだ。

「とはいえ、おれらみたいなおっさんにはもう関係がない話だなぁ。あ、でもお前は十階とか行ける実力者か。あそこに参加してみたらどうだ？」

「ははは、いやぁ、いいよ」

「そうかぁ？」

ミーシャたちで少し懲りた。

仲間は欲しいとは思っているけど、自分のチートを晒《さら》す気になれないのも問題だということにも気が付いたのだ。

いつかはそういうことを知られてもいいという人物に出会える日が来るかもしれないけど、焦る必要もないかというのがいまの気持ちだ。

「ん？」

ぼけーっと訓練場を眺めているとミーシャたちの姿を見つけてしまった。

女神官のシスもいるし、あのイケメンもいる。

周りよりも動きが良いような気がした。

もしかしたら誘われたりするかも？

わからないけど、あの三人が交ざるなら絶対に関わらないでおこうと思った。

さらに一日しっかり休んでから再びダンジョンへ。

全身鎧は目立つので盾と槍《やり》の格好でダンジョンに入り、ポータルで十六階に行ってから着替える。

ポータル周辺は魔物が現れにくいみたいなので、そこでさっと着替えた。

全身鎧は本来さっと着替えられるものじゃないんだけど便利技を思いついてしまった。

【夜魔デイウォーカー】を発動させて【血液化】を使ってするっと中に入り込むのだ。

するとあら簡単、留め金を弄《いじ》ったりする必要もなく全身鎧を着ることができる。

鎧下の服とうまく重ねた状態で着るには練習が必要だったけどね。

何気に昨日の休みの何割かはそれで費やしたよ。

なにはともあれ、盾とグレートソードを構えて攻略再開だ。

しばらく進んでいるとホブゴブリンの集団と出会ったのでさっそく魔法を試す。

【斬撃強化】に【打撃強化】、【対物結界】に【対魔結界】、さらに視界を明瞭にするために【明かり】の魔法も浮かせる。

周りが明るくなったことでこっちの姿もはっきり見えるようになった。

ホブゴブリンたちが雄叫《おたけ》びを上げて襲いかかってくる。

ホブゴブマジシャンやホブゴブアーチャーが遠距離攻撃を仕掛けてくる。

放ってきた魔法は、光っている弾だった。

すごい速さで頭に当たった。

ちょっと衝撃が来たけど、痛くはない。

それぞれの結界はちゃんと働いているみたいだ。

次は武器の強化だ、け、ど！

接近してきたホブゴブリンをグレートソードで薙《な》ぎ払《はら》う。

おお！

三体いたんだけど簡単に吹っ飛んでいった。

もともとグレートソードは斬るというより重さと勢いで叩《たた》き潰《つぶ》すという感じの武器みたいなので、どちらの強化もちゃんと働いている。

前衛がバラバラになって吹き飛んだけれど、ホブゴブマジシャンもアーチャーも攻撃を止めない。

一気に前に踏み込んで距離を詰めて、まずはホブゴブアーチャーを倒し、マジシャンの方は盾で殴ってその場に転がす。

試したいことは他にもある。

こっそりと【夜魔デイウォーカー】を発動して盾側の手でホブゴブマジシャンの首を掴《つか》む。

【血液化】と【血装】を駆使して籠手《こて》の隙間から小さな注射器の針のようなものを出して突き刺せば、そこから血が吸い出される。

直接口で【吸血】しなくても良くなるのではないか？

それに、周りに人がいても【吸血】する方法がないかを考えていて思いついた方法だ。

魔物からスキルが手に入るのに、人の目があって取り逃したというのは後悔しそうだったから、なんとか考えたのだ。

さあ、どうなるかな？

戦闘が終わって魔石の回収も終わり、ステータスを確認する。

名前：アキオーン
種族：人間
能力値：力110／体140／速60／魔44／運5
スキル：ゲーム／夜魔デイウォーカー／瞬脚／忍び足／挑発／倍返し／不意打ち強化／支配力強化／射撃補正／剣術補正／嗅覚強化／孕ませ力向上（封印中）
魔法：鑑定／光弾／火矢／回復／解毒／明かり／対物結界／対魔結界／斬撃強化／打撃強化

やった、光弾ゲットだ。
よし、それじゃあ次の方法を試そう。
早く次の敵が出ないかなぁ。

††『鋼の羽』イリア††

やってしまった。
調子に乗った。

まさか、こんなことになるなんて。

私の前には奴《やつ》がいる。

ダンジョンにはいくつか禁忌がある。

その一つを破ってしまった時に現れる最悪の敵。


死神パニッシャー。


「くそっ……」

申し訳なさが胸を締めつける。

今年こそ三十階を超えるんだと仲間と士気を高め合っている時にこんなことをしてしまうなんて。

だけど、私は一人、納得がいっていなかった。

『炎刃』と共闘するということ。

攻略するために新しい人材を求めるということ。

私は『鋼の羽』の仲間だけで攻略したかった。

かつてこの街のダンジョンの三十階を攻略した『英雄の剣』を超えるために、そうしたかった。

だから、仲間たちが訓練場で他の冒険者たちの技量を見ているのに我慢ならなくなって、一人でダンジョンに来てしまった。

一人でダンジョンに潜るのは危ないと注意されてはいたけれど、いまいるのは十六階だ。

久しぶりのダンジョンでいきなり三十階に挑戦するようなことはせず、一階からやり直して、連携を見直しつつ、その場の空気感を取り戻す。

リーダーにはそういう慎重なところがあった。

パーティでの攻略途中の十六階で、鬱憤を晴らすように一人で戦い続けていた。

実際、十六階に出てくる魔物程度なら『鋼の羽』のメンバーなら一人でだってなんとかなる。

だから、みんなで力を合わせれば三十階の攻略も叶《かな》うはずなのに！

そう思って戦い続けた結果、ダンジョンの禁忌に触れてしまった。

それは一つの階層に長時間居続けること。

二十一階から三十階は特別階層だからこの禁忌が適用されないために、忘れてしまっていた。

だからこれは私の油断。

でも……。

死神パニッシャーは、まさしく死神という心象をそのまま形にしたような存在だ。

髑髏《どくろ》の顔、命を狩り取る大鎌、どす黒い瘴気《しょうき》をローブのように纏《まと》っている。

私が得意とする剣術ではその瘴気をすり抜けるのみで通用せず、しかし長く接触し続けると瘴気が肺に流れ込み全身に痛みが走る。

そして大鎌を振るう疲れ知らずの剛力。

最初はうまく立ち回って互角に戦えていたけれど、決定打を持っていないためにやがて追い詰められた。

「ぐふっ！」

そしていま、瘴気を吸いすぎた肺が血を逆流させた。

足がふらつき、そのまま座り込んでしまった。

「くそ……こんなところで……」

慎重なリーダーならこんな愚かなことにはならなかった。

やっぱり、私は考えたらずの愚か者なんだと、死神が振り上げる大鎌を見上げる。

その時だ。

「おおおおおおおおおおおおお！」

地を震わすような低い声が響き、死神になにかがぶつかった。

†　†　†　†　†

オークと戦いながら順調に進んで、そろそろ次の階段が見つかるかなと思っていたら。

KYAHHHHHHHHHHHHHHHHHHHH！

という、異様に甲高い音が響いた。

「な、なんだなんだ？」

声？

いかにも危ない感じだ。

「どっちからだった？」

たぶん、あっちかな？

でも、どうしようか？

危ないことに近づくべきかどうか？

「行ってみようか」

ふわっと出てきたのが好奇心なのか善意なのかわからないけれど、足はそちらに向いている。

心のままに進んでみることにした。

「む……」

そこに、いた。

「なんだあれ？」

黒いガスに髑髏と大鎌が引っ付いているような魔物がいる。

迷わず【鑑定】。


『死神パニッシャー：ダンジョンに出現する魔物。ダンジョンのルールを守らないと出現し、その個体に襲いかかる』


鑑定結果にびっくりする。

なにそれ怖っ！

ダンジョンのルールってなに？

そんなの知らないいんですけど？

「ええ……これ、どうしようか？」

よくわからないけど、誰かがルールを破ったから出現しているってこと？

それなら他に危険はない？

でも、誰がそんなルール破りなんて……？

と、目を凝らしてみると、死神の向こう側で血を吐いて座り込んでいる人物が見える。

あれ？

『鋼の羽』の人か？

あの目を引いた美人じゃなかろうか？

なら仕方ない！

「おおおおおおおおおおおおお！」

気合の雄叫びを上げて接近する。

だけど死神はこちらを見向きもしない。

目標を倒すことだけに特化しているのか？

なら、無理矢理《むりやり》こっちを向かせるだけだ。

【対物結界】＆【対魔結界】＆【斬撃強化】＆【打撃強化】で今回ずっと使いっぱなしの戦闘前準備を終了させて、突撃。

さらに【瞬脚】で死神の横に移動し、さらに【瞬脚】を使った体当たりを敢行する。

盾を前面に構えたシールドダッシュだ。

「ぐっ！」

死神の周りの黒いガスが口に入り込んだ瞬間、体の内部が痛くなった。

毒か？

だけど体当たりは成功して、死神は吹き飛んだ。

「大丈夫か？」

「ぐふっ……う……」

『鋼の羽』の人は口から血を吐いてそのままそこに倒れた。

気を失った？

やばいかもしれない。

けど、【回復】を使っている暇もない。

死神は空中を回るようにして体勢を立て直すと、こちらを見る。

いや、『鋼の羽』の人を見ている。

ということは、まだ彼女は生きているってことだ。

「生きている内に決着を付けないと」

【夜魔デイウォーカー】を起動する。

あっちの意識は出てこない。

自分でやれってことか。

【吸血】は使えそうにないけど、他のスキルは使えるだろうし、このスキルを使っている間は他の能力値も上がっている。

「よし、やってやる」

死神パニッシャーとの戦いはこれまでにない激しいものとなった。

油断すれば『鋼の羽』の人のところに向かおうとするのでそれを止めるために立ち位置を調節したり、【挑発】を使って奴の意識をこちらに向けるようにし続けなければならなかった。

物理的な攻撃はあのガス状の体を簡単にすり抜けてしまい、意味はあまりなさそうだった。

かといって【火矢】や【光弾】といった攻撃魔法は俺の魔力が足りないのか、あるいは別の要因からなのか無効化されている雰囲気がある。

その一方で死神の大鎌の一撃は重く、受けるたびに全身に衝撃が走るし、ずっと近くにいると黒いガスを吸ってしまい、そのたびに全身に痛みが走る。

それでも戦えると思ったのは最初の体当たりが効いた要因、魔法による強化だ。

【対物結界】や【対魔結界】、【斬撃強化】や【打撃強化】、どれが効いたというわけではなく、魔力を介した接触が死神パニッシャーには有効に働くということだと思う。

四つの魔法を切らさないように戦えば、勝機はあると信じて戦った結果……。

「らあああ！」

戦いは十分も経《た》っていなかったと思う。

だけど、持っている盾は半ば以上砕け、鎧もあちこち貫かれた。【血液化】で傷そのものをなかったことにしなかったらとっくに死んでいる。

そして俺の放ったグレートソードの一撃が死神の髑髏に命中した。

【血装】を使って死神の大鎌に負けないような形状となっていたグレートソードは【倍返し】を乗

せた一撃で髑髏を砕くと同時に折れてしまった。

ＫＩＹＡＡＡＡＡＡＡＡＡＡＡＡＡＡＡＡＡＡＡＡＡＡＡＡＡＡ!!

これでだめならやばいと思って緊張して見守っていると、死神パニッシャーは最初に聞いたような声を上げるとガスを霧散させて消えた。

そして、何も残らない。

魔石もない。

宝箱もない。

あんな強敵を倒したのに、報酬ゼロ。

「嘘だろう……」

これだけ苦戦して何もないとは。

戦わないようにするのが利口なんだとしみじみ思った。

「おっと……それどころじゃない」

『鋼の羽』の人は？

「息はある」

近寄って様子を見ると、青白い顔をしているけれど、息はある。

魔法の【回復】を使う。

「う、うう……」

なんとか顔色は戻ったけど、気絶したままか。

このまま【回復】を使い続けていたら治るかもしれないけど……。

「今日はここまでだ」

俺の装備はボロボロだ。

気絶したままの方が色々と都合がいい気がしたので、【回復】はここまでにしておく。

『鋼の羽』の人を抱え、ポータルまでの道筋を思い出しながら走った。

なにしろ武器がないし、【ゲーム】から新しいのを出してる余裕もない。両手が塞がっているから魔物と戦うのも面倒だ。

なので、すたこらさっさと逃げ帰った。

ダンジョンから出たけれど、乗合馬車の時間が微妙だったのでそのまま走ってアイズワの街に向かう。

冒険者ギルドの近くにギルドが運営している診療所があるので、そこに彼女を預けるとやれやれと自分の部屋に戻って鎧を脱いでから魔石を換金してもらった。

はぁ、でもどうしよ。

あんなに鎧ボロボロの姿を見られてるし、明日すぐにきれいな鎧で行くってわけにもいかないかな？

何日かは休憩しないとだめかなぁ？

「なぁ、お前知ってる？」

追加休憩三日目のこと、やることもなく宿でだらだら【ゲーム】の領地を整備したり黄金サクランボを食べるだけの日々を送り、そろそろダンジョン攻略に戻ろうと食堂でいつものスープとパンを食べていると、知らない冒険者に声をかけられた。

思い出しても出てこないから、本当に知らない冒険者……のはずだ。

「なにを？」

「要塞のことだよ」

「要塞？」

「知らないのかよ。『鋼の羽』のイリアを助けた『要塞』の噂《うわさ》」

「……なにそれ？」

知らない冒険者は「しょうがねぇなぁ」と言いつつも、話せる相手を見つけて嬉しそうだ。

「『鋼の羽』のイリアが失敗してよ、パニッシャーを出しちまったんだよ」

「そもそも、それはなに？」

そうだ。

そういえばそれのことを聞かないとって思いながら忘れてた。

「なんだよそんなことも知らないのかよ。ダンジョン潜ってりゃ、誰かが教えてくれただろ」

「…………」

「おっさん、誰とも組んでないのかよ」

「うん」

「はぁ、命知らずだね。パニッシャーってのは、ダンジョンの決まりを破ると出てくるおっそろしい魔物だよ。絶対誰も勝てないって話だったんだ」

「その決まりって？」

「ああん？　そうだなぁ、『一つの階に長居しない』とか『ダンジョンの構造物を壊さない』とかだな。長居しないはともかく、あんな硬い壁をわざわざ壊す奴がいるかってんだ」

「はぁ、なるほど」

一つの階に長居しない、か。

つまり、実力的に美味しい階でずっと魔石集めなんかをしてると出てくるってことか。

ダンジョンは冒険者に攻略することを求めている？

だから、一つの場所に留《とど》まるような者を排除しようとするってことなのかな？

「それでよ。『鋼の羽』のイリアはドジってパニッシャーを呼んじまって死にかけてたんだよ。そこに間一髪駆け付けたのが、その『要塞』ってわけだ」

「ふへぇ!?」

「わはは、すげぇだろう」

なんか勘違いされた。

でもそんなのはどうでもよくて……もしかして『要塞』って、俺のこと？

『鋼の羽』の人……イリアというのか、彼女はあの時意識があったってことか？

「『要塞』はパニッシャーから彼女を守り、しかも倒しちまったんだと。その後、彼女が気が付くと診療所だ。職員の証言で同じ人物がここに連れてきたってわかって、イリアはそいつの戦いぶりを仲間に話し、それで『要塞』って異名が誕生したのさ」

「ははぁ……」

意識があったようには思えないけど、切れ切れには見られてたってことかな？

でもそんな風に言いふらしてるってことは【夜魔デイウォーカー】で色々してた部分は気付かれてないってことだよね？

……なら、まぁいいか。

全身鎧姿になったのはミーシャたちと別れた後だし、その後も鎧の中身が俺だって見られた場面は少ないはずだし、気付かれることもないかな？

それなら変に注目されることもないだろう。

「お、噂をすればだ」

その冒険者の声で顔を上げると、食堂の宿側の出入り口に『鋼の羽』の人たちがいた。

四人揃《そろ》って食堂中に視線を巡らせている。

特にイリアの目が真剣そのものだ。

「ありゃぁ絶対、『要塞』を探してるぜ」

「お礼を言うためにしては熱心だね」

「それだけじゃないだろ。三十階攻略のために仲間にしたいんじゃないか？　パニッシャー倒せるなら、そりゃこれ以上ないぐらいの戦力だろうからな」

「ははぁ、なるほどね」

「噂じゃ、『鋼の羽』のリーダーは今年で引退するって話だからな。引退前に派手なことをしたいんだろうな」

「なるほどなるほど。お話、ありがとうね」

「おうよ」

食事が終わったので食器を返して宿に戻る。

そうすると当然、彼らの横を通ることになる。

「すまない、そちらの方」

と、イリアに声をかけられた。

【回復】はちゃんと成功していたらしく、ぱっと見、問題はなさそうだ。

「はい？」

とはいえそんなことはおくびにも出さずに応対する。

「あの、全身鎧の冒険者に心当たりはないだろうか？　その姿でダンジョンを平気で歩けるような体力のある人なんだが」

「いやぁ、ないですねぇ」

「そうか」

「では」

俺の見た目はひょろいおっさんだからね。そんなことをしてるなんて思わないよね。

残念そうなイリアの横顔には罪悪感を覚えたりもするけど、俺は名乗ったりはしないと決めて部屋に戻った。

はぁ、でも『要塞』かぁ。

すごいあだ名が付いちゃったな。

次からどうしよう？

やり方を変える？

とはいえ、いまは順調だしなぁ。

目標のトレントの木材と酔夢の実とかいうのを手に入れるまではこのまま行きたいんだけど……。

いや。

気にする必要もないか。

いままで注目されなかった反動なのか、他人の目を気にしすぎるようになってる。

もっと気楽にいこう。

それに次の装備ももう決めているのだ。

全身鎧は鉄から鋼にランクアップ！

盾も同じく鉄から鋼に！　さらに丸盾だったのをほぼ全身をカバーできる大盾に変更！

これで防御は万全！

……『要塞』感が増してるなぁ。


新しいグレートソードも用意して改めてダンジョン攻略だ。

いつものように身一つでダンジョンに入り、ポータルで十六階に飛んでから人気《ひとけ》のない場所でさっと準備する。

新品の鎧に包まれていざ出発！

ある程度進んでいたので、その道を辿りながらオークたちを薙ぎ払ってすぐに十七階に下りる。

この階層はオークを主力として押し通すつもりのようだ。

様々な武器を持ったオークが襲いかかってくる。

どのオークも手にした武器の使い手として現れてくる。持っている武器によって戦い方が様々だし、さらに敵側の徒党構成によって連携のバリエーションが増えるので対応に混乱しそうになる。

とはいえ、こちらのやることはあんまり変わらない。

黄金サクランボによる能力上昇は相変わらず力と体を重点的に上げていくので、攻撃に耐えて反撃するという戦闘方法を維持する。

それに、いろんな武器の使い手と戦えるということは、それらの血を吸う機会にも恵まれたということで……。

このおかげで【斧術《ふじゅつ》補正】、【槍術《そうじゅつ》補正】、【盾術補正】が手に入った。

なにより【盾術補正】が大きい。

盾を使った立ち回りがとてもうまくなった。

あと、【射撃補正】と【剣術補正】に『＋1』という表示が付いた。

同じスキルを持っている相手から【吸血】するとスキルが重なってレベルアップするのかと思ったけど、オーク相手に【吸血】を繰り返してもそうはならなかった。

そういえば、この二つのスキルを最初に手に入れたのは十階のゴブリンとの戦いだったはず。なら、同じ魔物からは一つのスキルしか奪えず、別種の魔物が所持済みスキルを持っていた場合にレベルアップする、ということなのかもしれない。

あるいは同じ種類のスキルを手に入れた時に経験値化して、一定数に達したら……とか？

「ふひぃ……」

兜《かぶと》を外すとむわっとした空気が中から溢《あふ》れてくる。

手でパタパタしたところで焼け石に水だけれど、しばらくはそれで鎧の中に風を送り込んで一息つく。

十八階への下り階段が見えたところで休憩することにした。

鎧の中の蒸れが落ち着いたところで【ゲーム】での日課をささっと終わらせて食事を取り出す。

今回はカップスープとＢＬＴサンド。それとみかん。

ずっとダンジョンにこもっていて、なんとなくビタミン不足が怖くなったのでみかんの実を商店で買って一本だけ果樹園に植えた。

別に他の果物でもいいんだろうけど、ビタミン補給といえばみかんと思ってしまう。

「はぁ……」

一分ぐらいだろうけど放心する。

もちろん安全を確認した上でだけど、ずっと敵の気配を探らないといけないダンジョンの中にいると全力で弛緩《しかん》できる時間がどれだけ貴重かというのがよくわかる。

ふかふかベッドに飛び込んで全力で脱力したい。

儲《もう》かったらやっぱり家が欲しいなぁ。

豪邸とは言わないけど内装や家具にはこだわりたいかなぁ。

「……よし、休憩終了」

ぱっと意識を切り替える。

二十階を超えたら森のような場所だというし、そこなら目標の素材も手に入るはず。

酒が造れたら今よりも儲かるはずだし、そうなったら豪邸だって夢じゃない！

「がんばるか！」

気合を入れて階段を下る。

十九階や二十階は現れる魔物の頻度が増えただけで種類の追加はなかった。

対抗手段ができてしまっている状況だと数が多少増えたところで足を止める理由にはならず、ボス部屋の前まで一気に突き進んだ。


十階の時と同じような立派な扉の前で休憩を入れてから挑戦する。

中に入ると、やはり背後で鍵のかかる音がした。


そして中にはひときわ大きなオークに率いられたオークの集団が待ち受けていた。

鑑定の結果は、オークジェネラルとなっていた。

顔まで隠す重装甲の鎧姿で、オークだとわかるのは兜の前面を守るバイザー部分を押し退《の》けて覗《のぞ》く特有の豚鼻だけだ。

ブオオオオオオオオオオ!!

オークジェネラルの遠吠《とおぼ》えを合図にオークたちが俺に殺到してくる。

【夜魔デイウォーカー】&各種魔法で強化して迎え撃つ。

殺到する攻撃を盾や鎧で受け止め、グレートソードの一閃《いっせん》で薙ぎ払う。

あるいは【瞬脚】で自分の位置を変えてオークたちを混乱させたりした。

だけど、出発点で戦い方を間違えていた。

しばらくして気が付いた。

「んなっ!」

オークジェネラルの周りの地面で光が発生すると、そこから新たなオークが誕生していたのだ。

「ずるい!」

オークジェネラルを倒さないといつまでも数は減らないということに気付いて戦い方を変える。

マドハ○ド方式だと考えれば倒すだけ魔石を落としていくから損ではないんだけど、長期戦なんてやりたくない。

【瞬脚】を使って包囲するオークたちから離脱してオークジェネラルを直接狙う。

とはいえさっきから何度かこの戦法を使っていたので奇襲一発目は失敗。ジェネラルの持っていた大鉈《おおなた》みたいな武器で受け止められてしまった。

新たなオークを召喚して囲い込もうとしてくる。

だけどそれなら……。

再びの【瞬脚】。

死神パニッシャーの時にも使ったシールドダッシュだ。


ブギイイイイイイ！

盾に打たれて甲高い悲鳴を上げるオークジェネラルをそのまま広い空間の端まで押し込む。

ブギブッ!!


壁と盾に挟み込まれて血を吐くオークジェネラルの首に【血装】を纏わせたグレートソードを突き刺す。

あ、【血装】で盾にトゲトゲを生えさせたら攻撃力が上がるかも。

そんなことを思いつきつつ、【血装】越しの【吸血】を済ませ、オークジェネラルは鎧を残して溶けるように崩れ、すぐに鎧も後を追うと大きめの魔石だけを残した。

残っていたオークたちも一緒に消えてしまい、十階の時と同じように広場には魔石と、前よりも大きな宝箱が残った。

魔石も回収し、宝箱を開封。

中身は……弓？

『将軍の大弓：射程延長の効果あり』

弓かぁ。使えるかな？

さて、【吸血】の結果はどうかな？

名前：アキオーン
種族：人間
能力値：力117／体163／速73／魔46／運5
スキル：ゲーム／夜魔デイウォーカー／瞬脚／忍び足／挑発／倍返し／眷族《けんぞく》召喚／不意打ち強化／支配力強化／射撃補正＋1／剣術補正＋1／斧術補正／槍術補正／盾術補正／嗅覚強化／孕ませ力向上＋1（封印中）
魔法：鑑定／光弾／火矢／回復／解毒／明かり／対物結界／対魔結界／斬撃強化／打撃強化

孕ませ力向上＋1……って。

強化されても使い道がないの！

ごめんね非モテで！

「ええと、他には……」

あ、【眷族召喚】ってのが増えてるな。

さっきのオークを呼びまくってたのがそうなのかも。

眷族？

あるのかそんなの？

試しに使ってみたけど反応なし。

「あ……」

【夜魔デイウォーカー】を使った状態ならどうだと思って試してみると、青白い毛並みの狼《おおかみ》を呼べた。

予想通りだ。

ほら、吸血鬼って蝙蝠《こうもり》とか狼を従えているイメージがあるから。

『クレセントウルフ：吸血鬼の眷族。幽体』

幽体？

幽霊ってことか？

前に【夜魔デイウォーカー】の意思みたいなのが「アンデッドじゃない」的なことを言ってたような気がしたけど、やっぱりアンデッドじゃないか。

階段を下りて二十一階へ。

「うわっ」

目の前に広がる光景に思わず声が漏れた。

階段を下りてすぐは狭い石造りの空間だったのだけど、そこを出ると緑を透かした陽光に出迎えられた。

森だ。

しかも青い空まである。

振り返ると階段のあった場所には朽ちかけた塔のような建物があった。

塔は途中で折れている。

怖くなったので一度階段を戻ると、そこにはちゃんと二十階があった。

「不思議だ」

なにがどうなっているのやら。

とはいえダンジョンという存在自体が不思議の塊なのだから、あまり深く考えるべきじゃないのかもしれない。

よく見ると塔の壁に「21－30」の文字があった。

どうやら本当に、この空間が二十一階から三十階をまとめたものらしい。

それでいいのかダンジョンと思わないでもないけど、それよりもなによりも……。

「やっとここに来れた」

森だ。

つまり植物系の魔物がいるに違いないし、冒険者ギルドで得た話が本当ならここにトレントがいることになる。

「よし、まずは探すか」

気合を入れて森の中を進む。

森から現れた魔物は虫や植物の姿をしたものが多かった。

ジャイアントスパイダーにジャイアントアント、ジャイアントビートル、ジャイアントスタッグ、ジャイアントローカスト、ジャイアントビーなどの大型虫シリーズ。

強力なトゲのある蔓《つる》を持ち、強酸を溜めた壺《つぼ》のような部分に放り込もうとするカニバルヴァイン。

近づくと破裂して無数の種を射出するブリッドフラワー。

蔓の集合体で踊るようにうねうねしながら森を移動するダンシングプランツ。

トゲトゲを纏ったままの栗《くり》の実のようだけれど自分で回転して移動し、襲ってくる時には集団で飛び掛かってくるローリングナッツ。

手のひらほどの花に対して異常な量の根を持ち、それで骨をかき集めて異形の動物を作って操るボーンアーティスト等々。

これだけ大きな森なら動物がいそうだけれど、そんな姿は見当たらない。

厄介なのはジャイアントビーやダンシングプランツ、ローリングナッツなどの仲間を呼ぶタイプだ。

持久戦をしているといつの間にかすごい大群に囲まれているということが何度かあって困った。

それに、こいつらは【吸血】をしてもスキルを奪えない。

ただひたすら戦って魔石をかき集めるだけの日々となってしまった。

ただ、面白いものを見つけた。

「家？」

ツリーハウスのようなものがある。

罠《わな》かと思って鑑定を使ってみると……。

『レンタルツリーハウス：魔石一つで六時間の安全をお約束』

「お約束って……」

鑑定結果が広告文みたいだ。

とはいえこういう場所で安全地帯となると万金に値するのはいままでで十分に理解しているので、試しに魔石を一つ取り出してみた。

すると樹上から蔓がするすると下りてきて魔石を引き取る。

同時に、同じように蔓製の梯子《はしご》が下りてきた。

梯子を上がり、怖々とドアを開けると、中にはちゃんと設《しつら》えられたベッドのある六畳ぐらいの空間があった。

あ、トイレもある。

でもキッチンはないのか？

いや、ベランダみたいになってる場所にかまどがある。

でも、とりあえず調理をする予定もない。

いきなり油断するにはあやしすぎるので鎧も脱がずにベッドに腰かける。

【ゲーム】から片手で食べられる料理を選び、いつものダンジョンの隅で休む時の気分でじっとする。

ウトウトしながら過ごしていると、いきなりドアがバタンと開いた。

「うわっ！」

驚いているとベッドや床がグニグニと動いて立っていられない。

なんだなんだと思っている内に床を転がされて外にポイと放り出された。

「ぐへ」

周囲の草が多少は優しく受け止めてくれる。

このまま襲うつもりかと思って慌てて立ち上がったのだけど、そこには最初に見たツリーハウスの状態でじっとしている姿があった。

「……あ、六時間経ったのか」

ようやくそのことに気付いて脱力する。

まさか、ほんとにツリーハウスだとは。


マジックポーチが一杯になるまで探索を続けることに決めた。

襲いかかってくる虫やら植物やらの魔物を薙ぎ払いながら進んでいく。

そうしているとポータルを見つけた。

化石化した大樹の洞《うろ》の中にきれいに収まっている。

幹には『22』とある。

つまりこの辺りが二十二階に相当する空間ということなんだろう。

ということは、同じように三十階までのポータルがそこかしこに点在しているということになるのか。

本当に広そうだ。

「お？」

変な木を見つけた。

根元が大きく膨れ上がっている。その割に上が細いのでなんだか不格好だ。

なんだっけ？　なにかで見たような？

こんな木を元の世界の媒体で見たような気もする。

でもそれとは違う。

違うんだけど似ている。

ああそうだ。

大きなかぶだ。

かぶの形をした木。なんだかそれっぽい。

とりあえず、鑑定。

『トレント：動きます。襲います。注意』


これがトレントか！

思わず跳び下がって身構えたからか、向こうも動かない振りをするのをやめたようだ。

地面を揺らして根を引き上げる。

上にあるかぶの葉みたいな枝と葉がわさわさと動く。

球根みたいな幹が震え、そこから目と口が現れる。


ボボボボボボボボボボボ……。


獣のような勢いはないけれど、なんだか不気味な音を発しながらトレントが襲いかかってきた。

攻撃は上の枝葉を鞭《むち》のようにしならせて打ってくるのと、口からドングリみたいな硬い実を弾丸のように飛ばしてくる。

それから体当たり。

鈍重そうな見た目に反して動きが速い。ダンプカーが縦横無尽に襲いかかってくるような重量感と威圧感があってなかなか怖い。

様子見で逃げ回りながら【火矢】と【光弾】を撃ち込んでみる。どちらも打撃力という意味では効果はあるみたいだけど、【火矢】の方は火が広がるという効果は起きなかった。

トレントは見た目よりも水気があるようで、そのせいで燃え広がらないようだ。

だけど、砕けるのはわかった。

各種強化を身に纏い、シールドダッシュ！

激しい音が生まれて、トレントの幹部分が大きく抉《えぐ》れる。


ボボ！


トレント本体も大きく斜めに傾《かし》いでいる。

せっかく詰めた距離だ。

このまま押し切る！

「おおおおおおおおおお！」

グレートソードを振り上げ、全力で叩きつける。


ボッ！


破壊の余波が食い込んだ剣身以上の範囲を破壊して、トレントは吹っ飛んで転がっていく。

「逃がすか」

再びのシールドダッシュで幹を打ち、そしてグレートソードによる叩きつけ。

ボー…………。


今度こそ幹が両断され、トレントは息絶えた。

「ふう」

と、息を吐いているとトレントの姿が他の魔物と同じように消えていく。

「あ、トレントの木材」

どうやって手に入れるんだ？

魔石になる！

慌てていると、いつもならそこに落ちているはずの魔石がない。

代わりに立派な木材が置かれていた。

製材所で樹皮を削り落とされた後のような、それでいて幹の中に黒い部分などもないきれいな状態の木材だ。

これはマジックポーチの類《たぐい》がないと持ち帰るのは大変そうだ。

というか、俺のマジックポーチだと長さ的にアウト扱いで入らないかもしれない。


『トレントの木材：高級品』

鑑定がそう告げる。

「なるほど。こうやって手に入るのか」

と納得し、さっそく【ゲーム】の方に入れる。

《酒造クエスト：トレントの木材：1／10　酔夢の実：0／1》

おお、クエストが進行した。

「よし、この調子でがんばるか」

と気合を入れたものの、その日はもうトレントと遭遇できなかった。


トレントを求めて歩いていたらツリーハウスがあったので今回もそこで休憩する。

ゲーム内の日課をこなし、食事を済ませて軽く眠る。

まだ鎧を脱いで寝るほど信頼はできない。

今回はツリーハウスに追い出される前に外に出られた。

再びトレントを求めて歩き回る。

他の魔物は頼まなくてもどんどんと現れて襲ってくるのにトレントだけは出てこない。

「これは、意外に時間がかかるなぁ」

小休止で足を止めてみかんを食べていると、いきなり地面がドンと揺れた。

そのままドン……ドン……と揺れが続く。

「なんだ？」

と身構えていると、はるか向こうで木々が砕ける音が連続して聞こえる。

しばらく様子を見ていると、やがてその威容が視界に入った。

「でかっ！」

それは亀だ。

周囲の木々と同じぐらいの高さがあり、横幅は十メートルを超えているかもしれない。

突き出した頭も足も岩山のように荒々しい肌をしている。

その口には木が咥《くわ》えられていて、強力そうな顎でバキバキと砕いて口の中に入れている。


『ウッズイーター：階層の門番』


鑑定の結果にはこう記されている。

「つまり、あれがここのボスか？」

あれを倒さないと三十階より先に行けないのか。

「急に難易度が上がってないか？」

とはいえ、いますぐここを出るつもりはないので、目を付けられても困るとその場から逃げ出した。

能力任せにひたすら走って距離を稼ぐ。

途中で何体かの魔物に絡まれたけれど、それも無視して突き進んだ結果、ようやくウッズイーターの足音が聞こえなくなったので足を止めた。

「ふう……って、なんだここ？」

この階層の森はツリーハウスのような一部を除いて似たような木ばかりが並んでいるから、あっという間に自分の位置や方向感覚が失われてしまう。

気が付くと俺を囲む木々の様子が変わっていた。

ねじくれた枯れ木のような木々が並び、しかも枝のあちこちに青白い火が果実のように宿っている。

その木々に囲まれているのだと気付いた時、自分の前で青白い火が弾《はじ》けてそれが現れた。

『ゴーストナイト：階層をまたいで現れる強力な魔物。勝者には褒賞を、敗者には死を』

鑑定の結界に首を傾げるけれど、ゴーストナイトは問答無用で襲ってくる。

鎧に中身があるとは思えないほどに細い。

手には俺のグレートソードぐらいに長い剣が握られて、剣身から怪しい光が漏れている。

「ああもう！　心の準備が！」

ウッズイーターから逃げてきたばかりで、気持ちが戦いに向いていない。思わず逃げを選択しそうになったけれど、囲むようにあるねじれ木に宿った青白い火が宙を舞い、円陣を組んでいた。

即興のリング？

『だが逃げられない』っていう状況だ。

「ええいくそ！」
問答無用で襲ってくるゴーストナイトの剣を盾で受け止める。
重い。
強い。
くそ、気分を変えないと。
まずは防御を固めて気持ちがまとまるのを待つ。
その間もゴーストナイトは遠慮なく斬りつけてくる。
痛い痛い。
なにか、鎧を無視した痛みがある。
持っている剣の力か？
鎧の中でドロドロした感触がある。出血してるなこれ。
【夜魔デイウォーカー】を起動して、【血液化】で出血を止める。
ゴーストって鑑定結果だから血も吸えないだろうし、このままだと削り殺される。
【眷族召喚】でクレセントウルフを複数召喚して襲わせる。
あまり長持ちしなかったけれど、あいつの攻撃を受けない時間を稼げた。
おかげで冷静になる時間ができた。
「よし！」
やっと気分がまとまった。
というわけでシールドダッシュ！

「っ！」

クレセントウルフを倒したばかりのゴーストナイトはいきなりの俺の攻勢を受けて吹き飛ぶ。

あ、これたぶん【不意打ち強化】も影響してるな。

そのままトレントを倒した時のようにグレートソードを叩きつけようとしたけれど、ゴーストナイトは全身鎧とは思えないような速さで動いて距離を取られた。

そこに再びシールドダッシュ。

さすがに吹き飛びはしなかったけれど、当てることはできた。

再び【眷族召喚】でクレセントウルフを呼び出し、ゴーストナイトを囲む。

あいつがこっちの攻略法を見つける前に叩き潰す！

時間との戦いだと、猛攻を開始した。

それからだいたい五分後。

「らっ！」

俺の振るったグレートソードがゴーストナイトの兜を叩き割った。

ゴーストナイトは膝から力を失って崩れ落ち、消えていく。

あれ？

ゴーストナイトが持っていた大剣が残った。

「あ、褒賞ってこういうことか」

とりあえず【鑑定】。

『幽毒の大剣：剣身の炎はあらゆる妨げを無視して獲物に襲いかかる』

あの痛いのって毒だったのか？
なんか違うような？
でもいいか。
とりあえず、防御無視ダメージの特典があるってことだよね。
拾って握ってみる。
うん、いままでのグレートソードと同じような使い心地だ。
ありがたくいただくとしよう。
それと、気になったことがあった。
戦いの途中でシールドダッシュの使い心地がよくなった。
なにか変化があったのかとステータスを開いてみる。

名前：アキオーン
種族：人間
能力値：力125／体170／速73／魔50／運5
スキル：ゲーム／夜魔デイウォーカー／盾突／瞬脚／忍び足／挑発／倍返し／眷族召喚／不意打ち
強化／支配力強化／射撃補正＋1／剣術補正＋1／斧術補正／槍術補正／盾術補正／嗅覚強化／孕

ませ力向上＋1（封印中）
魔法：鑑定／光弾／火矢／回復／解毒／明かり／対物結界／対魔結界／斬撃強化／打撃強化

【盾突】ってスキルが増えてる。

これってシールドダッシュのことかな？

うん、それっぽい。

そっか、スキルってこういう風に増えることもあるのか。

うーん、知らなかった。

なにか思いついて、ずっと使っていたら覚えるのかな？

今後も、なにか思いついたらやってみよう。


七日。

たぶんそれぐらいが過ぎた。

時間の基準はツリーハウスでゲームをチェックして果実が生《な》っているかどうかなので、微妙にずれているかもしれない。

なにしろこの階層は陽《ひ》が動かない。

とりあえず、この七日間で残りのポータルも全て見つけた。とはいえ頭の中で地図ができているわけでもないので、これからも半分迷子のままうろつき続けることになるだろう。

そういえば三十一階に行くための階段みたいなのは見つからなかった。

ウッズイーターを倒すと出てくるとかかな。

「そろそろ戻ろうか」

予定通りマジックポーチが魔石でいっぱいになった。

他の収穫というとトレントの木材があれから二つ増えて、三つになった。

酔夢の実に関してはまったくわからない。

あと、ゴーストナイトのような存在と何度か戦った。

そのたびに魔石とは違う報酬をもらえた。

手に入れたのは幽茨《ゆうし》の盾に、魔法やスキルが手に入る宝石が三つだった。

幽茨の盾は魔力を込めると盾の表面に茨《いばら》というか大きめのトゲが現れる。敵は迂闊《うかつ》に近づくと自分からトゲに刺さることになるし、【盾突】との相性もいい。

宝石からは【炎波】と【分身】という魔法と、【視力強化】のスキルが手に入った。

この間も黄金サクランボを食べていたので能力値も上がった。

なぜか運だけは上がらない。

この頑固さはなんなのだろう？

ドロップアイテムとかを考えると運が悪いとは思えないのだけど。

「……とにかく、一度戻って魔石を売って、それから酔夢の実の情報を改めて集めてみよう」

そう決めるとツリーハウスを出てポータルに向かって移動した。

『24』と記されたポータルを抜けて地上に戻る。ポータルを抜ける前に装備の類は全て外している。

休んだばかりなのもあったし、乗合馬車を待たずに歩いてアイズワの街に入る。

冒険者ギルドに入って魔石の買取の列に並び……。

自分の番が来たところで問題が起きた。

「ちょ、ちょっと待っててください！」

マジックポーチを逆さにして全ての魔石を出し切る。

うん、すごい山ができたとぼんやりと見上げていると買取担当のお姉さんが悲鳴に近い声を上げて奥に消えた。

ぽかんとしていると周りのざわつきが耳に入った。

あ、これやっちゃったか？

いかん。ダンジョンに潜りすぎてて感覚が狂ったかも。

内心で反省していると、お姉さんが偉そうな男性を連れて戻ってきた。

「君、話がある。ちょっと来なさい」

その言い方に引っかかるものがあったけれど大人しく従うことにした。

通された部屋はたぶん応接室だ。

前に通されたことのある部屋と同じ雰囲気がある。

また、変な依頼を受けさせられるのかなと思っていたのだけど……違った。

「君、素直に言いなさい」

ギルドマスターだと名乗った男はいきなりそんなことを言った。

「……は？」

なにを言っているんだ？

「あの魔石は君が採ってきたものではないだろう？」

「いやいやいやいや！　どういうことですか？　俺が採ってきたんですけど？」

「嘘を吐《つ》くな！」

間にあるテーブルをドンと叩いてギルドマスターが俺を睨《にら》む。

「君の経歴は調べてある。登録を行ったのは三十年も前、登録証が銅になったのは最近だね」

「……えぇまぁ」

「そんなに長い期間、鉄……日雇い層で満足していた君が、どうやったらあんなに魔石を手に入れられるのかな？　パーティに入っている様子もないが」

「自力ですけど？」

「だから……そんなことがあるわけないと言っているだろう！」

「ここにあるんだから仕方ないでしょう！」

キレ気味に反論する。

同時に冷静な部分で「あちゃあ」と思ってもいた。

いかん。万年鉄等級だった落ちぶれ冒険者が大活躍してるから疑われたんだ。

とはいえ、ここで弱気になっていると向こうの言い分を認めることになる。ここは強気で否定していくしかない。

「……いまなら君の罪は問わない。誰に頼まれているのか喋《しゃべ》りたまえ」

「なんの話です？」

「君は、登録証をはく奪された不正冒険者たちの代わりに魔石を売りに来ている。そうだろう？」

「そんなわけがない！」

「それ以外にどんな理由があるのかね！」

「実力ですけど!?」

「三十年も日雇い冒険者していた奴が、どうすればそんな活躍ができる！」

「実際にできているんだからできるんですよ！」

「……いいだろう」

ギリギリと歯を軋《きし》ませていたギルドマスターは深呼吸をしてからそう言った。

「君……『雷光』が戻っていただろう。呼んできてくれるかな？」

「はい」

ドアの側にいた秘書が部屋を出ていく。

しばらくすると秘書は三人組の冒険者を連れて戻ってきた。

「え？」

「……あ」

その内二人が俺を見て声を上げた。

魔法使いのミーシャと神官のシスだ。

そして二人の間にいるのはあのイケメン君だ。

そうか『雷光』なんて名乗っているということは固定パーティになったのか。

「なに？　おじさん。何か悪いことしたの？」

「してないよ！」

「彼にはとある疑惑がかかっている」

「ああ……」

「……最低」

「君ら!?」

ギルドマスターの言葉に二人は冷たい目をした。

「実力を疑われてるんだって！　君らなら俺と一緒にダンジョン潜ったことがあるんだから、わかるでしょ!?」

「ええ……」

「……さぁ？」

「なんで!?」

「だって、あたしらの魔法で活躍してただけって言えば、そうだし？」

「そうですね。おじさんが強かったという証拠はないのでは？」

「…………」

うわぁ……。

言葉が出ない。

「……それで、ギルドマスター。僕らが呼ばれたのはなんでですか？」

イケメン君が微妙な笑みを俺に向けながら質問する。

「彼らは最近十階を攻略した新人の中でも腕利きの冒険者だ。君が本当にあの魔石を自分で採ってきたというのなら、彼らと戦えるだけの実力があるはずだな？」

「……当然でしょう」

ギルドマスターが俺に聞いてくる。

答える俺の声は沈んでいた。

「ギルドマスター？」

「すまないね。ちょっと腕試しに付き合ってもらいたい。もちろん報酬は出す」

「……それならいいですけど。おじさん、怪我する前に自首した方がいいのでは？」

「…………ふう」

ため息しか出ない。

「君、名前は？」

「え？　シグルドだけど？」

「シグルド君。君こそ……怪我をする前に辞退した方がいいんじゃないかな？」

じろりと睨んでみたけれど、シグルドは「はっ」と唇を曲げて小さく笑っただけだった。

「では、いまから訓練場へ行こうか」

ギルドマスターが言う。

俺は立ち上がった。

訓練場に繋《つな》がる更衣室でマジックポーチから出す振りをして【ゲーム】からグレートソードと大盾を出す。

俺が逃げ出さないかと見張っていたギルド職員が驚いた顔をしていたけれど、それを無視して進む。

訓練場に入ると、すでに場所ができていた。

「ではこれより！　彼の実力を試すための試合を行う！」

俺が更衣室にいる間にギルドマスターが説明をしていたようで、周りの冒険者から野次《やじ》やらゴミやらが飛んできた。

卑怯者《ひきょうもの》だなんだと好き勝手言っているが、とりあえず無視する。

「おじさん、そんなに顔を真っ赤にしてても怖くないよ」

「……かっこわるい」

ミーシャとシスがそんなことを言いながらシグルドに強化系の魔法をかけている。

「ダンジョンではこうして戦っているんだ。問題ないですよね？」

「もちろんだ」

シグルドの確認にギルドマスターが頷《うなず》く。

そして俺を見る。

「もちろんかまわないだろう。君は実力者なのだから？」

「ええ、もちろん」

嫌味《いやみ》がたっぷり含まれた言葉に俺も頷いた。

「なんなら、そちらの二人も戦いに加わってくれてもかまいませんが？」

「ああ、言うね、おじさん」

「……後悔しても遅い」

「いいんですか？」

「彼がかまわないと言うなら、いいのではないかな？」

「では」

というわけで三対一となった。

うん、まぁいいんじゃないかな？

野次馬たちは笑っている。

後で顔を確認しよう。いまは頭に血が上りすぎててだめだ。

「では、始めだ」

ギルドマスターが告げる。

シールドダッシュ……改め【盾突】。

「へぐっ！」

瞬く間に距離を詰めた俺の盾を受けて、シグルドは吹き飛び背後の壁に受け止められた。

「…………」

ずるずると壁からずり落ちて座り込む。

白目を剝《む》いていることは明らかだ。

「ひっ！」

「……う」

俺は茫然《ぼうぜん》としているミーシャとシスを一睨みし、元の位置に戻った。

静かになった訓練場で、誰も俺の行動の意味がわかっていない。

「シグルド君を起こさなくていいのかな？」

「っ！」

ハッとした様子のシスが彼に駆け寄り、回復魔法をかける。

「はっ！　な、なにが!?」

意識を取り戻したシグルドは混乱した様子で辺りを見回す。

「どうしたシグルド君？　試合は始まっているはずだけど？」

「……な？　え？　く、くそっ！」

あっという間に気絶させられた彼は状況がわかっていない様子で向かってくる。

身体能力強化をかけられたシグルドの動きは速い。

それに合わせてミーシャとシスの攻撃魔法も襲ってくる。

いまは鎧も着けていない。いつものように各種強化をかけてもいいけど、あえてそのまま二人の魔法を受けた。

「え？」

「……嘘」

二人の魔法は俺にたいした傷を与えることもできずに消えた。

他と比べれば成長が悪いとはいえ、俺のステータスの魔の値は結構高い。

鑑定で二人の能力を確認したけれど、魔の値は俺の半分以下だ。

そんなのでは俺に魔法は通じない。

二人は無視していい存在だ。

シグルド君だけを見る。

悪いけど、君には痛い目を見てもらわないといけない。

君自身は悪くないかもしれないけど……けど、君も俺を侮った。

それはきっと、冒険者にとっては致命的な失敗だから。

だから、死なない程度に痛い目を見てもらおう。

再びの【盾突】。

彼は再び吹き飛ぶ。

だが、二度目だからか、それとも距離があったからか、壁に背中を打ち付けても意識を失わなかった。

「くそっ！」

そんなことを言っている間に、すでに【瞬脚】で距離を詰めている。

そしてグレートソードはもう、高く振りかざされて。

彼を見下ろす俺と目が合った。

「ひっ！」

シグルド君は回避不能を理解して悲鳴を上げた。

振り下ろす。

トレントの胴体を割った一撃は彼の横に振り下ろされ、訓練場の壁を割り、その向こうにあった観客席を裂いた。

それらは轟音《ごうおん》を伴ってその場にいた全員を震えさせる。

「……まだやるかい？」

俺の質問に、シグルド君は涙目のまま首を振った。

アンモニアの匂い。彼の股間に染みが広がっている。

「そうか。なら……」

シグルド君からミーシャ、シスと視線を向ける。

彼女たちはすでにそれぞれの武器から手を放して降参を示している。

「後は……」

ギルドマスターを見る。

「これでもまだ納得してもらえないなら、次はギルドマスター自身で確かめられたらどうですか？」

「うっ、ぐっ……」

青い顔のギルドマスターから返事がもらえない。

「返事がないなら、次はあなたでいいということだ！」

「ま……待っ」

「【要塞】！」

割り込んできた新しい声は、明るい女性の声だった。

「『要塞』だ！　『要塞』だ!!　あなたこそ『要塞』だな！　そうだろう!?」

げ。

気付かなかった。

観客席の一角には『鋼の羽』の面々がいて、イリアが嬉しそうな顔でそこから駆け出し、俺の前に立った。

凛とした雰囲気を弾き飛ばすような無邪気な笑みだった。

「私を助けてくれた『要塞』はあなたなんだろう!?　そうに違いない!!　なっ!?」

「……はい」

天使のような笑顔からの問いかけに嘘を返すには、この状況での俺は心がささくれ立ちすぎていたし、虚を突かれてしまっていた。

結果、素直に答えてしまった。

05 VS ウッズイーター

「君があそこで出した魔石は１０００万Ｌ《リーン》で買わせてもらう」

ぷるぷると震えながらギルドマスターが言った。

「今回の件の謝罪を含めた割増の料金だ。どうかこれで許していただきたい」

「わかりました」

「ありがとう。受付に言えばもらえるようにしておく」

イリアの登場で脱力してしまった俺は素直にそれを受け入れた。

それにしても１０００万Ｌって……。

バンにかけられていた賞金よりはるかに上だ。

割増料金だから普段ならもう少し安いんだろうけど、それにしても美味《おい》しいな。

「では、私はここで失礼させてもらう」

そう言ってギルドマスターは去り、部屋には俺と『鋼の羽』の面々が残った。

そう。

彼らがいる。

イリアが飛び出した後、一部始終を見ていた『鋼の羽』のリーダーは青い顔で動けなくなったギルドマスターの代わりにあの場を収め、俺の無実を周りの野次馬《やじうま》に納得させた。

ていうか、野次を飛ばしていた連中は俺が目を向けるとさっと視線を逸《そ》らしたりしていた。

めっちゃ怖がられてる。

まぁ、野次やらゴミやらを飛ばしていたのだから恨まれていたら大変だと思ったのだろうけど
……怒りが冷めた今だとちょっとへこむ。

「さて、改めて挨拶させてもらえるかな？　『鋼の羽』のリーダー、ジンだ」

「ええと、アキオーンです」

「ふむ、『要塞』のアキオーンか。悪くないのではないか？」

「は、はは……」

「うちのイリアが勝手に広めてしまった名だが、通り名なんてそんなものだと思ってくれると嬉《うれ》しいんだが」

「はぁ……いや、……まぁいいんですけど」

「ありがとう」

あのギルドマスターの後だと、ジンはきはきとして明るく好人物という印象が強い。

年齢は俺と近い。

もしかしたら上かもしれない。

なるほど、引退を考えているという噂《うわさ》は本当かもしれない。

「それではまず改めて、うちのイリアを助けてくれたこと、そして彼女のために余計な危険を背負ったことに感謝と謝罪を。ありがとう。そしてすまなかった」

ジンの言葉に合わせて『鋼の羽』の全員が頭を下げた。

「ああ、えっと……はい」

助けると決めたのは自分だし、うまくいったんだし、俺としてはこの件でなにかを求める気もない。

「挑戦すると決めたのは俺なので……はい、そちらの方が無事でよかったです」

「……そうか、ありがとう」

あれ？

なんだか感心したような顔をされた。

「死神を前にして挑戦と言えるのはなかなかにないよ」

「そう……ですか？」

「うん」

あ、これちょっとドン引きも混じってる気がする。

その中でイリアだけはキラキラした目で見ている。

彼女以外はドン引きで、ジンは誤魔化《ごまか》してるだけだ。

うん、彼女の反応だけ見てるとなにか勘違いしそうだ。気を付けよう。

「ええと、それで……お話が以上ならダンジョンから上がったばかりなんで休みたいんですが？」

「おっと、それは失礼。本題はこれからなんだ。すまないがもう少し付き合ってくれ」

「はぁ……」

「我々は三十階突破のための仲間を探している。どうだろう、手伝ってくれないか？」

ああ、やっぱりその件か。

「人集めをしていたのでは？」

「ん？　ああ、訓練場で催したあれかい？　見ていたのか？」

「まぁ……」

「将来有望そうな者はいたよ。君が先ほど倒した『雷光』とかね。だが、今回は間に合いそうにない」

ジンは深刻な顔で告げる。

「俺は、この冬で冒険者を引退するつもりだ。その前に長年の壁だったウッズイーターを打倒したい。君はもうあれを見たかな？」

「はい」

「早いな。さすがだ。あれを倒したいんだ」

「倒さないと下には行けませんしね」

「ああ、協力を頼めないかな？」

「ええと……」

困った。

倒せば三十一階に行けるようになるだろう。

だが、問題がある。

「一つ、質問が」

「なんなりと」

「ダンジョンの法則の話なんですが、下の階に行くためのボスを倒して、その後に階段を下りなかったらどうなります？」

「ボス？　階層主のことだな？　階層主は倒されても一定時間後には復活する。そして階層主が生きている間は、そこから下へ行く階段は閉ざされる」

「つまり、倒されていなくなった時に下に行かなかったら、倒した意味がなくなる、ということですよね？」

「そうだな」

だとしたら、いまウッズイーターと戦うことに大きなメリットはないってことになる。

「……なにか問題が？」

「俺が今回、このダンジョンに来たのはある依頼のためで、それは三十階で手に入ることがわかっています」

「それは？　問題ないなら教えてもらっても？」

「トレントの木材と、酔夢の実です。その依頼の品が手に入るまでは下の階へ行く気はないんですよ」

「なるほど」

「まだ三十階に来たばかりなのでぜんぜん集まっていないんです。たぶん、この冬中はかかるんじゃないかと思っています。いま、ウッズイーターと戦うことは、俺には何の得もない」

「そうだな」

ジンは深く頷《うなず》いた。

だが、がっかりした様子がない。

「酔夢の実……現物はないが手に入れる方法は知っている」

「え？」

「以前に『英雄の剣』から聞いたことがある。このダンジョンで酔夢の実を手に入れたのは彼らだけだ」

「それは……」

「そちらの事情はわかった。なら、この情報を対価に俺たちに協力してもらえないか？」

そう来たかぁ。

「……わかりました」

俺は頷くしかなかった。


ギルド職員を呼んで契約書を作成した。

冒険者同士でも契約を結ぶことはある。

とはいえ俺は利用したことがなかったけど。

とにかく、一つの目的に対して複雑な思惑が絡んだりする場合、取り分についてあらかじめ決めておいたりする契約だ。

たとえば、村を山賊から守るために複数の冒険者パーティが契約する場合、一つのパーティは村からの依頼料を全て受け取り、もう一つのパーティは山賊が所持していたものを全て受け取る、という感じに取り分を最初に決めておいたりする。どちらかがうまくいかずに不公平だと叫んだ時に、この契約書が力を発揮する。

今回の契約は『酔夢の実の取得方法を教える代わりにウッズイーターとの戦闘に協力する』というもの。

『酔夢の実の取得を手伝う』じゃないところが肝。

これでもし俺が騙《だま》されていたら……。

その時は……口には出せないようなことを実行してやると心に決める。

目的を達した後に下の階に行く気になるかはともかく、一人でやるよりは安全にあの巨大亀の力を知ることができるのはメリットでもあるので、契約は問題なく結ばれた。

「協力することになっているもう一つのパーティ『炎刃』とも顔合わせをしてもらいたいが、あちらもまだ腕ならしに最初からやり直している途中だ。うちも、あと一週間ほどはかかるだろう」

なら、その間に酔夢の実を取っておこう。

というわけで幅を取って十日後の再会を約束すると取得方法を教えてもらい、翌日にはダンジョンに戻った。


『24』のポータルから出てくる。

さて、まずは『30』のポータルを探すべく進む。

一度は見つけているから大丈夫だとは思う。

たぶん、あっちの方向だったはず。

等間隔に並んだ同じような木々が現在位置やら方向感覚やらを狂わせる。

ああそうだ。

この間手に入れた将軍の大弓。

あれを試してみようと矢を用意したんだった。

さっそく使ってみよう。

何度か練習をして、いざ実戦。

とはいえ動いている標的は狙いたくないので、【眷族召喚《けんぞく》】でクレセントウルフを召喚して索敵。

魔物を見つけたら、気付かれないように射程距離まで接近して狙撃。

お、成功。

【射撃補正＋1】と【不意打ち強化】が仕事をしてほぼ一発で倒せた。

これは便利だ。

でも、使った矢を回収できないのがきつい。

材料の木の消費量が半端ないのだ。

果樹園の木は使えないし、調子に乗って使い続けていると領地の森が禿《は》げてしまいそうだ。

ここぞという時しか使えないかぁ。

……って。

ここに、たくさん木があるじゃないか。

そうだよここ森じゃないかと、【ゲーム】から木こりの斧《おの》を購入して伐採チャレンジ。

コーンコーンコーンとゲームと同じように三回叩《たた》いたら木が倒れた。

力が強くなったとはいえ、けっこうな太さの木をそんな回数で倒せるはずもない。

これ、何気にすごい斧だなぁと感心しつつ、【ゲーム】の交易を使って回収。

「おお、すごい」

ダンジョン大樹の木材ということで、領地で採れる普通の木材よりも量が多い。

よし、このまま集めようと三本ほど回収したところで……。

KYAHHHHHHHHHHHHHHHHHHHH！

なんだか聞いたことのある甲高い声が響いた。

「……あっ」

思い出した。

「はぁ、命知らずだね。パニッシャーってのは、ダンジョンの決まりを破ると出てくるおっそろしい魔物だよ。絶対誰も勝てないって話だったんだ」

「その決まりって？」

「ああん？　そうだなぁ、『一つの階に長居しない』とか『ダンジョンの構造物を壊さない』とかだな。長居しないはともかく、あんな硬い壁をわざわざ壊す奴《やつ》がいるかってんだ」

そんな会話をしたことがあるよね。

つまり、いま俺がしてたのって『ダンジョンの構造物を壊さない』に抵触してた？

だから、出てきた？

振り返ると死神パニッシャーがこちらに迫ってきていた。

まずい！

いまは弓での不意打ちに特化した軽装になっている。

この状態ではさすがに危なすぎる。

【瞬脚】も使って距離を稼ぐと、鎧《よろい》と剣と盾を出して【夜魔デイウォーカー】の【血液化】でするりと装備。

「くそう、失敗した！」

と叫びつつ、迷うことなく接近してくる死神パニッシャーと対峙《たいじ》した。


それからしばらく。


「ぜーぜー」

二度目で戦い方はわかっていたのもあるし、装備が前よりもよくなっていることもあって、少しは楽だった。幽毒の大剣と幽茨《ゆうし》の盾は有能だ。

鎧もボロボロにならなかったし。

【分身】で攻撃回避できるのすごい便利！

とはいえ油断したら即死しそうな雰囲気は精神的に辛《つら》い。

そしてやっぱり、死神パニッシャーとの戦いはなんの報酬もない。

だけど……。

なにか、戦闘中に手応えみたいなものを感じたんだけど、あれはなに？
と、ステータスチェック。

名前：アキオーン
種族：人間
能力値：力１５５／体２０８／速87／魔66／運５
スキル：ゲーム／夜魔デイウォーカー／盾突／瞬脚／忍び足／挑発／倍返し／眷族召喚／不意打ち強化／支配力強化／射撃補正＋１／剣術補正＋２／斧術《ふじゅつ》補正／槍術《そうじゅつ》補正／盾術補正／嗅覚強化／孕《はら》ませ力向上＋１（封印中）／視力強化
魔法：鑑定／光弾／火矢／炎波／回復／解毒／明かり／対物結界／対魔結界／斬撃強化／打撃強化／分身

んん？
あ、【剣術補正】が＋２になってる。
これだ。
でも、どういうこと？
…………もしかしてスキルは使用してても成長する？

た、試してみる価値ある？


危険な誘惑に誘われて、あれから三回、死神パニッシャーと戦った。

心の中では馬鹿じゃないのと叫びながらも、別の部分では攻略サイトにも載っていない情報を見つけたような気分もあった。

結果として【盾術補正】も＋２になった。

おお、やっぱりだと喜んだものの、ここではたと気付く。

あれ？

これって、まじめに努力した結果の成長なんじゃなかろうかと……。

だって、成長したのって剣術補正と盾術補正。どっちも普通に訓練で手に入りそうなスキルだし。

そうじゃなかったら訓練の意味は？　ってなりそうだし。

「…………」

そんなことも今まで知らなかったのかと落ち込んでしまった。

「…………」

よし復活。

それはそれ、これはこれ！

つまり、強敵相手に使ったスキルは成長しやすいってことだよね！

また一つ賢くなった！

ポジティブシンキンッ！

さあ、気を取り直して酔夢の実を求めて移動だ！

結果的にダンジョン大樹の木材もたくさん手に入って、大弓用の矢もしばらく困らないぐらいに作ることができた。

再びクレセントウルフに偵察させて大弓による不意打ちで進む。

不意打ちスタイルは地味だし進みが遅いけど、戦闘は確実に有利に進むし、気が付いたら囲まれていたということがないのもいい。

ただ、隠密《おんみつ》移動しようと思ったら鎧を着ていられないので、いきなり接近戦になった時に慌てるのはどうにかしたい。

早着替えをする方法はないものだろうか。

【ゲーム】から装備を出す時が手間なんだよなぁ。

ありがたい存在もずっと使っていると問題点が見えてくる？　ありがたみが薄れる？　感謝しているのは変わらないよ。

うん。

「あった」

やっと『30』のポータルを見つけた。

「……で」

『鋼の羽』のジンから聞いた話だと、ここから大岩を基準に左側にって……あ、あれか。

よし、と突き進むとゴーストナイトが出てくる時のような雰囲気になった。

「これか」

薄暗い雰囲気の向こうで木々が開けて人魂《ひとだま》さ迷う沼地が現れた。

……こんなところにあるのか。

目当ての木は沼地の真ん中に生えている。

グネグネとよじれた枯れ木のようなそれの先に今にも落ちそうなほどに太った実がある。赤紫の硬そうな皮に包まれた果実。


『酔夢の実：中には芳醇《ほうじゅん》な酒精が満ちている』


遠くから鑑定したらこういう結果になった。

本当に酔夢の実だ。

さてどうやって近づこうかと思っていると、沼の水面が泡立ってそれが現れた。


『ドランクアーマードクロコダイル：頭に生えた酔夢の実で獲物を誘う大鰐《おおわに》。硬い』


【鑑定】がそのまま仕事をする。

チョウチンアンコウのワニ版？

奇襲というにはゆっくりとした登場だけれど、あんな大きなものを頭に載せているだけあって、本体の方も巨大だ。

ていうかもう恐竜だ。

いや、ドラゴン？

あんなのと真正面からぶつかり合うなんて正気の沙汰ではないけれど、やらないといけないのだから覚悟を決める。

ていうか、この話は聞いてなかった！

『鋼の羽』に俺を騙すメリットはないから、ジンにこの話を語った『英雄の剣』が真実を言わなかったということになる。

名前の割に性格が悪そうだ。

「ええいもう、畜生！」

喚《わめ》きながら勇気を奮って幽毒の大剣を構える。

ドランクアーマードクロコダイルは罠《わな》にかけるような習性だからか、接近がとても速い。

余裕で一飲みできそうな大口で迫ってくるので、それを避《よ》けて斬りつける。

こっちはいつもの【夜魔デイウォーカー】にいつもの強化系魔法、それに【分身】もプラスして万全の態勢だ。クレセントウルフも召喚してヘイトを散らすのも忘れない。

アーマードと名前が付いているだけあって、外皮もかなり硬い。

だけど幽毒の大剣が纏《まと》ったオーラは防御を無視して傷つける。

溢《あふ》れ出《だ》した赤いものを見て、「あ、血がある」と思った。

血があるのなら戦い方も変わってくる。

幽毒の大剣だけじゃなく幽茨の盾にも【血装】で血を纏わせておく。
付けた傷に【血装】のトゲを食い込ませて血を吸い続ける。
血がある生物なら、血を失えば動きが鈍くなるし、こちらは逆に体力が戻る。
大きな爬虫類《はちゅうるい》は無尽蔵のような体力を見せたけれど、持久戦はこちらの勝利となった。

ドランクアーマードクロコダイルからは【精力強化】というスキルが手に入った。
精力？　なんで精力!?
あっ！　スタミナ？　スタミナって意味か？
確かにしつこかったけど？
【孕ませ力向上】と合わせて変な意味にしか取れないんだが……。
そして酔夢の実も無事にゲットできた。
「ああもう……」
酔夢の実を回収し、安全そうな場所を求めて移動。
あ、ツリーハウスを発見。
魔石を払ってツリーハウスに入り、【ゲーム】を起動して酔夢の実をイン。
『酔夢の実　1／1』ってなった。

よし。

後はトレントの木材を七つか。

がんばろう。

あ、『鋼の羽』を手伝ってウッズイーターを倒さないといけないのか。

それもがんばろう。

亀なら血が出そうだし、スキルを狙えるかも。


それから約束の合流の日の前日まで三十階をうろついた。

残念ながらトレントの木材は手に入らず。

『鋼の羽』のジンと交渉する時に、冬の間探し回ることになるかもって言ってみたけど、現実になりそうでちょっとげんなり。

まぁ、おかげで魔石はたくさん集まったし、あれからまたゴーストナイトに遭遇してアイテムを手に入れた。

『幽者の鎧：幽気の守護は害意ある魔法を拒むが質量ある悪意には通じない』

って、勇者と掛けているんだろうか？

魔法防御は強いけど物理攻撃にはそれほどって感じっぽい。

幽茨の盾と組み合わせれば物理と魔法どっちもオーケーって感じになるのだと思う。

うん、これ、セット装備だよね。

あと、ゴーストナイトが持っているのはマントだから、もしかしたらあれも手に入るのかも。

セット装備を揃《そろ》えたらなにか特典があるかもしれない。

ここに居座る楽しみが増えた。

とはいえ、合流までに揃えられなかったのは残念だ。

『30』のポータルを使って地上に上がり、街に戻る。

冒険者ギルドに入るとざわっとした空気に出迎えられた。

「おい、あれが？」

「ああ、『要塞』だ」

「マジかよ、おっさんだぜ？」

「だけど俺は見たぜ、『雷光』が相手にもならなかった」

「見たろ、訓練場の？　あんなの普通はできないぞ」

「あれ、魔法で硬くしてあるって話だしな」

う～ん、有名になってしまった。

魔石の買い取りをしてもらう。マジックポーチ半分ぐらい。

３００万Ｌになった。

「あ、アキオーンさん、あと、こちら……」

と言って、新しい冒険者ギルドの登録証が渡された。

銀だ。

「昇格です。おめでとうございます！」

「え？　はい。ありがとうございます？」

唐突すぎて実感が湧かないなぁ。

冒険者ギルドの登録証は上から金銀銅鉄とランクがある。

万年日雇いの時はずっと最低ランクの鉄だったのに、いまでは銀だ。

この上の金が最高ランクってことだけど、噂ではさらに上があるとか、金の中で細かい格付けがあるとかないとか。

まぁ、そんなのは俺とは無縁だし。

無縁だよね？

無理かな？

黄金サクランボを食べ続けているから日ごとに能力値は上がっているし、【吸血】で相手のスキルを手に入れられる機会があるし……うん、強くなるのは当たり前。

そして、強さが売りになる冒険者稼業をしているのだから、いずれ金ランクも見えてくるのは当然かも。

うぬぼれはいかんよって自省したいけど、前回の一件でこそこそしてる方が悪影響があるってわかっちゃったからなぁ。

「アキオーンさん！」

お金を受け取って部屋に戻ろうとしたところで声をかけられた。

見ると『鋼の羽』のイリアだ。

「ああ、こんにちは」

「はい！　こんにちは！」

イリアはとても元気に挨拶を返してくれた。

『鋼の羽』の男性陣は皆俺と同い年ぐらいの人たちで構成されている。

彼女だけが若い。

ジンが引退前にウッズイーターを倒したいと言っていたけど、もしかしたら他の人も引退とか考えているのかもしれないな。

だとしたら、イリアはその後どうするつもりなのだろう？

「どうしました？」

「え？　あ」

考え事をしていたのがばれた。

「ああ、いや……例の件の後、そちらはどうするのかなって。あははは、余計なお世話ですね」

「ああ……」

それでこちらの言いたいことがわかったのだろう。

「そうですね。実は解散することが決まっているんです」

「え？」

「ジンは引退した後、故郷の冒険者ギルドで職員をすることが決まっていますし、他の人たちもだいたい同じ感じです」

「なるほど。ええと、あなたは？」

「私は……実家の勧めで騎士の試験を受けようかと」

「それはいいですね」

「そうですか？」

冒険者から国に仕える騎士や宮廷魔法使いを目指す者もいる。

彼女はたしか銀等級の冒険者だし、騎士を目指すのは悪い選択肢だとは思えない。

「でも、できれば私は、もう少し冒険者でいたいんですけど……」

「未練がある？」

「あります。もっと、いろんなことがしたかったなと」

なるほど。

『鋼の羽』の中で一番に若い彼女は、まだ冒険者に満足しきっていない……のだろう。

とはいえ知り会ったばかりの彼女になにかを言えることもない。

彼女もそれがわかっているのだろう。すぐに笑顔を浮かべた。

「だから、この戦いには未練を残したくないんです！」

作り笑いだったけど。

「あ、ジンからあなたに会ったら『炎刃』との顔合わせをしたいと」

「わかりました」

部屋で荷物の整理をした後で食堂で待っているとイリアが迎えに来てくれ、『炎刃』との会合の場所に案内してもらった。

「へぇ、あんたが『要塞』か」

『炎刃』のリーダーである紅《あか》い髪の女性は感心した顔で俺をじろじろと見る。

ちょっと、居心地悪い。

「一人で三十階に行くわ、死神パニッシャーを倒すわ。とんでもない化け物だそうで」

「ははは、そんなことはないですよ」

「ふん、まぁ、よろしく頼むよ」

口調から察する通りに荒々しい雰囲気の女性だ。

他のメンツも荒事が得意という顔をしている。

「あたしらの他に使えそうな奴は手に入らなそうって思ってたが、とんでもないのがいたもんじゃないか。なぁ、ジン」

「ああ、そうだな」

『鋼の羽』と『炎刃』そして俺との顔合わせは冒険者ギルドの近くにある酒場の奥の個室で行われていた。

「それで、この後はどうするんだい？」

「とりあえずは三十階で合流だろう。できれば連携をしばらく確かめてから挑戦したいが」

「出会っちまったら？」

「状況次第だが、やるしかないかもな」

「……まっ、あたしら『炎刃』と『鋼の羽』はそもそもやり方が違うし、そちらの『要塞』は一人働きだ。あんまり細かい連携なんて期待しない方がいいと思うけどね。相手の図体《ずうたい》はでかいんだ。それぞれ別の場所で戦うのがいいんじゃないかい？」

「……そうかもな」

「そういえば、『要塞』はウッズイーターを見たかい？」

「ああ、はい。でかいですね」

「はは！　あれを見てそんな感想で済むのはすごいね」

「ええと、そうですか？」

「そうだよ。にしても、あんた腰が低いねぇ。もう少しどうにかならないのかい？」

「どうにかしようと努力中です」

「そうなのかい？」

「ちょっと反省することがあったので」

「そうそう。冒険者は舐《な》められたら終わりだよ」

「ははは……」

『炎刃』のリーダーの言う通りだ。

他の連中に舐められるのは別にどうでもいい。

伊達《だて》に長年、鉄等級の日雇い冒険者をやっていたわけではないし。

うん、同業者相手はどうでもいいんだ。

とはいえ、管理をする冒険者ギルドにまで舐められているのはだめだ。前回みたいなことになってしまう。

「前回みたいなのは嫌なので、ギルドの人たちにはわかってもらえるようにはなりたいですね」

「なんだい。野望が低いねぇ」

「ははは……」

「まぁいいさ。あんたの実力をいまさら疑っても無駄だからね。あたしらだっていつまでもあの亀から逃げ回るだけで終わりたくないんだ」

そこからはこれからの予定の話し合いになった。

合流地点と合流予定日を決めておく。

俺が『30』のポータルを使ったせいで『25』のポータルで合流することになった。

どちらのパーティも『25』の前だったので、合流までに腕ならしをしておくということだった。

後はウッズイーターとどう戦うかを話し合う。

『鋼の羽』も『炎刃』も、以前にウッズイーターとそれぞれのパーティのみで戦ったことがあるらしく、その時にどんな行動をしたかを語る。

あの大きさなのでただ動いているだけでも十分に脅威なのだけれど、食った木の破片と胃酸を口から吐き散らすという汚い散弾攻撃のようなこともするらしい。

後は甲羅の上の方に住んでいる鳥が襲いかかってきたりもするそうだ。

「それじゃあ、俺が正面に立ちます」

と、手を挙げた。

硬さと丈夫さには自信があるし、【挑発】のスキルもある。

「いいのか？」

「最悪、逃げ回ることになるかもですけど。手数はそちらの方が多いでしょうし」

どれだけ強くても俺は一人。

パーティの方が攻撃の選択肢は多いよね。

「はは！　たいした肝っ玉だね。簡単に死なないでくれよ」

「努力します」

そんな感じで話し合いは終わり、後は宴会になった。

「ふう……」

自分の部屋に入って一息吐く。

久しぶりに呑《の》んだ酒が美味しくて少々酔っ払った。

さすが熟練の冒険者たちは良い酒を知ってるね。

うちの【ゲーム】で作った酒もあれぐらいに美味しくなればいいんだけど。

よし、明日もがんばろう。


翌日にはダンジョンに入った。

トレントを求めながら合流地点の『25』ポータルを目指す。

合流予定日には余裕があるので、寄り道多めに進む。

おかげでトレントと一度遭遇して木材を一つゲット。さらにゴーストナイトにも遭遇してセット装備の最後の一つ幽護の外套《がいとう》を手に入れた。

『幽護の外套：主人に投射されし悪意より守る幽玄の外套』

『仮初《かりそめ》の幽者：ゴーストナイトの装備一式を手に入れたことで手に入るスキル。確率で攻撃を透過する』


幽護の外套は遠距離攻撃に耐性があるのかな？

セット効果はスキルの追加。確率で攻撃を無効化するってことかな？　そんなことをゴーストナイトはしてただろうか？

だとしたらあまり期待できる確率ではないかも。

「うわっ！　ゴーストナイト！」

「違いますよ！」

合流したらゴーストナイトと間違われて襲われそうになった。


「すごいですね！　ゴーストナイトの装備を全て手に入れるなんて！」

「ええ、運が良かったんです」

興奮するイリアがべた褒めしてくれるので、なんか照れる。

「私の剣もここで手に入れたんですよ」

「そうなんですか？」

「みんなの武器や防具もそうなんです」

イリアが言うには魔石以外のアイテムを落とす魔物は、場所に関係なく唐突に現れて襲いかかってくるらしい。

その姿にも色々とあるという。

……俺ってゴーストナイト一択だったよね？

ランダム性に偏りがある？

それともなにか出現に条件があるんだろうか？

後者の方が有力かな？

「一式を揃えるなら一人働きの方が有利なのかもしれないか？　しかし、それはなかなか厳しい条件だな」

話を聞いていたジンが呟《つぶや》く。

どうやら俺と同じ結論になったみたいだ。


とにかく合流した。

当初の予定通り、ここを拠点にしてウッズイーターが巡回してくるのを待つ。

何度もここに挑戦している彼らは、あの巨大亀はこの広い空間を巡回していることを知っていた。

なのでこの場所に居座って奴が近づいてくるのを待つという作戦を取る。

近くにツリーハウスもあるので安全に休息を取ることもできる。

「そうだ。ここで待ち伏せできるんなら、ちょうど良いものが」

ダンジョン木材を集めている時にクラフトできるようになったものがあった。

とりあえず作ってみたけど、【ゲーム】の中でも使い道がなかったし、大きすぎて持ち歩けるものでもないしでどうしたものかと思っていたんだけど……ここでなら使えそうだ。

というわけで取り出して、みんなに見せたものはこれ！

バリスタ！

設置型の大型クロスボウで普通よりも大きな矢を撃てる。

「……そんなもん。どこに隠し持っていたんだい？」

『炎刃』のリーダーが呆《あき》れた顔で俺を見る。

いや、他の連中もそうだ。

「……ダンジョンでドロップしたんですよ？」

「こんなものが？　聞いたことないよ」

「でも、ドロップしたんですって」

「二つもかい？」

「二つもです！」

【ゲーム】のことを説明する気はないので、これで押し通す！

「……まっ、それならそれでいいさ。確かにこれなら、うちの斥候が暇しなくて済む」

「うちもだな」

『鋼の羽』のジンも同意した。

斥候は敵を見つけたり罠を発見したり森の中でパーティを誘導したりと戦闘外で活躍するけれど、戦闘ではそれほど活躍できない。

そういうわけで、しばらくみんなでバリスタの撃ち方や素早い設置の仕方を模索したりした。

何度か大型虫や植物系の魔物による襲撃を撃退した三日後、ついに奴の足音が地面を揺らした。

「来たぞ」

「はっ！　お前ら準備はいいね！」

「では、事前の打ち合わせ通りにいきます」

遠くから木々を踏み潰し嚙《か》み潰《つぶ》ししながらやってくる巨大亀の姿にちょっと緊張しつつ、俺はその進路上に立つ。

木々を食い荒らしながら進むウッズイーターと目が合った。

亀の目は人間のそれとそんなに変わらないように見えるのだけれど、眠そうな半眼が俺を見て何を思っているのかはわからない。

ただ、進路を変えるようなことはなかった。

踏み潰せば一緒ぐらいのものなのかな？

なら、足を止めさせるまで。

『鋼の羽』と『炎刃』がそれぞれ準備を終わらせたのを確認して、その鼻っ柱に【光弾】を放った。

光の一閃《いっせん》は硬そうな鼻に命中し、その一部を削るとダンジョンの天井へと駆け抜けた。

GOAAAAAAAAAAAAAAA!!

途端に、吠《ほ》えられた。

亀って吠えるんだと驚きながら、耳の痛さと振動によって全身が揺さぶられるのに耐える。

吠えながら突っ込んでくるとかされていたら危なかったかもしれない。

だけど、ウッズイーターもそこまで器用じゃなかった。

雄叫《おたけ》びで息を吐ききった様子のウッズイーターはその場で荒々しく息を整えると、俺を睨《にら》みつけて、突撃してきた。

今度はちゃんとわかる。

怒ってる。

突進の凄《すさ》まじい地響きの隙間から鳥の群れの甲高い鳴き声が聞こえてくる。

甲羅の上にいるという鳥の群れか？

さっそく動き出したってことか。

「おっと……」

上に意識を向けている間に頭が接近してきた。

胴体はそんなに動いてない。甲羅から首が伸びて、頭だけで突っ込んできた。

「むっ！」

いつもの強化はすでに使用済み。幽茨の盾で真っ向から受け止める。

「ぐうっ」

うあああ……ズンッ！　って来た。

GUAN!!

亀も頭を離してのけ反る。
盾の茨《いばら》を受けた痛みで押し切れなかったみたいだ。
よし、このまま接近して……。

GOAAAAAAAAAAAAAAAA!!

雄叫び。
それから木の破片や胃酸が混ざった吐息……とりあえず破片の吐息《デブリスブレス》ってことにしよう。
それが行われた。
間近で聞かされた雄叫びによる振動が体を痺《しび》れさせる。
そこにダンジョン大樹の破片と胃酸が混ざった吐息。
これはウッズイーターにとっては必殺の一手なんだろう。
だけど。
無数の破片は体をすり抜けた。
危なぁぁぁぁぁぁ！
【仮初の幽者】が発動してなかったら痛い思いをしていたに違いない。

それに耳も痛いし。

「鼓膜が破れたら、どうしてくれる！」

幽毒の大剣を振り下ろしてウッズイーターの顔を縦に裂いた。


ＧＩＡＡＡＡＡＡＡＡＡＡＡＡＡＡＡＡＡＡＡＡＡＡＡ!!


「悲鳴もうるさい！」

鼓膜を通して頭痛がしてきた。

だけど頭痛には慣れている。

伊達に黄金サクランボを食べまくってるわけじゃないぞ。

追い打ちをかけようと前に出たら、ウッズイーターはすごい勢いで首をひっこめた。

そして、空から気配が舞い降りてくる。

『グレイコンドル：ウッズイーターの甲羅に住まう腐肉食鳥。嘴《くちばし》には腐肉から発生した様々な毒が宿っている』


毒持ちか！

翼を広げた姿は余裕で人間の身長を超えている。

そんなのが大群で舞い降りてくるものだから空が埋まってしまっている。

大剣を振るって追い散らす。

もちろん、【血装】を施すことも忘れない。

あと、ちょこちょことウッズイーターに【挑発】をしかけて注意を他に行かせないようにする。

グレイコンドルにも効果があったみたいで、すごい数がこちらに迫ってくる。

空が真っ暗になった。なんか鳥がいっぱい出てくるホラー映画があった気がする。

がんばって剣を振るい、【炎波】の魔法を放ちまくって鳥の群れに対抗する。

大剣で斬り裂いていると慣れた感覚が内側でした。

よし、コンドルから何か手に入れた。

でも、ステータスを開いて確認している暇はない。

あ、また来た。

グレイコンドルに気を取られている隙を突こうとしたのだろうけど、そうはいかない。

鳥たちを巻き込んだウッズイーターの頭突きは【分身】の方を突いてしまったので空振りに終わる。

そのせいで、俺の横に巨大亀の太い首が無防備にさらされた。

「らっ！」

全力の振り下ろし。

とはいえ直径がとんでもないから一撃で斬り落とすとまではいかない。

それでも半分……いや三分の一は斬れたはず。

血を撒きながら慌てて首をひっこめようとする。

だけど、このままだとまたコンドルを呼ばれて時間稼ぎをされる。

最初に付けた顔の傷がもう治りかけているから再生能力があるみたいだし、長期戦は絶対にこっちが不利だ。

【盾突】

幽茨の盾を構えた突撃で亀の頬《ほお》をぶん殴る。

首をひっこめようとしていた亀の頭はそのまま地面を滑った。

「ぐうう……」

反動で後ろに持っていかれそうになったのをなんとか堪《こら》えて、今度は【瞬脚】で距離を詰めて頭に幽毒の大剣を突き立てる。

【血装】付きだ。

傷口から内部に侵入した【血装】のトゲが根を張るように奥へ奥へと侵入していく。


GOAAAAAAAAAAAAAAAAAAAAAAAA!!


うう、悲鳴で耳が痛い。

ウッズイーターは俺を振り落とそうと全力で頭を振る。

さらに破片の吐息も吐きまくる。

何度かは【仮初の幽者】の効果が出てすり抜けたけど、残りは対物&対魔の結界を貫いて全身を打ってきた。

痛い痛い。

だがウッズイーターも痛いはずだ。

脳に近い部分で【血装】のトゲが侵蝕《しんしょく》しているから、その激痛は凄まじいのだろう。

俺を振り払おうと頭を振り回しまくる。グレイコンドルたちを巻き込んでいるのだけれど、お構いなしだ。


GOAAAAAAAAAAAAAAAAAAAAAAAAAAAAAAA!!


「ああもう、うるさい！」

振り落とされないように耐えている間に、地面に叩きつけられるわ、木にぶち当てられるわ散々なのに、その上、この雄叫びがずっとうるさい。

耳が痛い。頭も痛い。

「黙れ！」

その口の中の【光弾】と【火矢】を連射する。

いつもの強化だけだと魔力が余ってるんだ。

それらを全部、ぶち込む。


GOA……GOBU………。

よし、喉が潰れた。

と、いま、逃げようとした？

逃がすか。

††『鋼の羽』イリア††

何度か挑戦したから知っている。

すごく、戦えている。

ウッズイーターの足はダンジョンにある大樹よりもはるかに太く、硬い。

その硬い表皮を斬ることはできるけれど、剣で斬れる範囲なんて些細《ささい》なものでしかない。

全体からすればほんのわずかな傷でしかない上、その傷も瞬く間に癒えてしまう。

その上、とんでもない大質量の体でこちらの攻撃を押しのけていく。

ひどいズルのような存在。

それがウッズイーターだ。

だけどいまは……戦えている。

魔法使いの【斬撃強化】の魔法はいつもより強くイリアやジンの剣を強化し、ウッズイーターの足を前よりも深く斬りつける。

空から降り注ぐように襲いかかってくる毒鳥へ対処する余裕もある。

戦えている。

いままで、何度挑戦してもなすすべなく逃げ帰るしかできなかったウッズイーターを相手に、戦えている。

なぜか？

そんなことはわかっている。

アキオーンさんだ。

そして『炎刃』の人たち。

戦っている人数が違う。

当たり前の話だけれど、人数が変われば戦い方も変わる。

あんなに困難だったウッズイーターとも戦える。

本当は……『鋼の羽』だけで戦いたかった。倒したかった。

だけど、何度挑戦しても無理だったし、前の時よりそれほど強くなったとは思えない。

ジンさんたちの動きの冴《さ》えは、むしろ悪くなり出した。

わかっている。

『鋼の羽』はもう限界が近い。

それが年齢による衰えだということは、彼らも認めていた。

私だけががんばっても、意地を張っても仕方がない。

それを教えてくれたのが、アキオーンさん。

『要塞』だった。

死神を呼んでしまうという、ダンジョンに挑戦する者として初歩的にして最悪の失敗をしてしまった私を、たった一人で助けてくれた人。

それが、彼だった。

意識を失いかけていたので途切れ途切れにしか覚えていないけれど、その戦いは凄まじかった。

理想の姿だと思った。

ああ、そうか。

ずっと、なにかがずれていると思っていた。

騎士の家に生まれたのに貴族の令嬢のような礼儀作法ばかり覚えさせられたこと。

それが嫌で家を飛び出して冒険者になってはみたものの、どこかでなにかが食い違い続けてきたような気がする。

『鋼の羽』の人たちには恩しかないし、彼らとの日々は楽しかったのだけれど、それとこれとはまた話が違う。

だが、家を飛び出してまでなった冒険者でまで『なにかが違う』と思うことには抵抗があった。

そんなことはない。ただ、冒険者として満足できていないだけなんだ、と。

だから、なんとしてもウッズイーターを倒したかった。

終わりの近い『鋼の羽』。

それに合わせて銀等級の冒険者にまでなれたイリアを認めた家が彼女を必要としていること。

そして、家の願いを無視できないこと。都合のいいことをと思う反面、新しい自分を家が、両親が認めてくれたのだと思えば、それが嬉しくないわけでもないこと。

嬉しいけれど、このまま『鋼の羽』が解散した後に、家に戻り、騎士の道に進むにしても満たされないこともわかっている。

なにをすればいいのかわからない。

だから、ウッズイーターを倒す。

それが一つの偉業であることは間違いないから。

だけど、そうじゃなかった。

私が欲しかったのは、ウッズイーターを倒すという達成感ではない。

自分が向かうべき、目標が欲しかった。

ウッズイーターを倒したって『鋼の羽』が終われば、その次に何をすればいいのかがわからない。

なにをすれば私が、自分の人生に満足できるようになるのかがわからないのは変わらない。

その目標が、あった。

それが、アキオーンさん。

彼のように、強くなること。

単純だけれど、それこそが家を飛び出す時に考えていたことだ。

冒険者になった時に色々な体験をしたせいで、想《おも》いがずれてしまったけれど、それを思い出せた。

だから今度は、忘れたくない。

冒険者をやめて騎士になったとしても、その基本的な想いは、もう忘れない。

「おおおお！」

私は、強くなる。

いまも。

これからも！

ひどく集中した濃密な時間だった。

アキオーンさんの用意してくれたバリスタの矢は深々とウッズイーターの足に突き刺さる。それだけじゃなく、開いた傷口の再生を阻害することがわかった。

それがわかれば話は早い。

傷口を広げる作業を繰り返し、ついに骨が露出するところまでいった。

「これで……」

「どうだ！」

ジンと二人で骨を斬りつける。

瞬間、自重に負けた足が目の前で潰れていく。

そして、反対側でも……。

『炎刃』も、同じように成功したのだ。

同時に、甲羅の底が地面を打って、激しい地響きが起きた。

「は、はは……」

やり遂げた。

そう思ったのは、失敗だ。

「あう……」

地面の揺れに足を取られたのを契機に、その場で膝から力が抜けた。

「はっ、はうっ……」

全身が重い。
いきなり、限界が来た。
こんなに体が疲れたのは初めてだ。
でも……まだ……。
私たちは、ウッズイーターの足を斬っただけだ。
まだ、倒していない。
見れば、近くでジンも同じようにその場に膝を突いている。
『炎刃』はどうなった？
まだ戦えるのか？
アキオーンさんは？
その時だ。

GOA!!

という、大きく、そして短い叫び声が聞こえた。

††††

『鋼の羽』と『炎刃』はちゃんと仕事をしていた。

ほぼ同時にウッズイーターの両前足を破壊し、甲羅の底が地面を擦る。

「これで、おしまいだ！」

【血装】のトゲが、ついにウッズイーターの脳に達し、かき回した。


ＧＯＡ!!


血を吹きながら短く叫ぶ。

勝った。

その証拠に、ステータスに手応えがある。

なにかスキルを手に入れたようだ。

力を失って地面に落ちていく頭からなんとか大剣を抜いて離れる。

なにかが頭上からバラバラと降ってくる。

魔石？

あ、ウッズイーターが死ぬと、その背中にいたグレイコンドルも消えるのか。

降り注ぐ魔石だけでけっこうな量だな。


ステータスを確認する。

名前：アキオーン
種族：人間
能力値：力185／体258／速107／魔72／運5
スキル：ゲーム／夜魔デイウォーカー／盾突／瞬脚／忍び足／挑発／倍返し／眷族召喚／不意打ち強化／支配力強化／射撃補正＋1／剣術補正＋2／斧術補正／槍術補正／盾術補正＋2／嗅覚強化／孕ませ力向上＋1（封印中）／視力強化／精力強化＋1／毒耐性／痛覚耐性／再生
魔法：鑑定／光弾／火矢／炎波／回復／解毒／明かり／対物結界／対魔結界／斬撃強化／打撃強化／分身
条件付きスキル：仮初の幽者

追加されたのは【毒耐性】に【痛覚耐性】に【再生】？

え？　【精力強化】が＋1？　なんで？

魔物一種類に付き一つがいままでのルールだと思っていたんだけど。

【精力強化】が成長するようなことはなにもしてないし……。

【毒耐性】はグレイコンドルかな。

あ、【痛覚耐性】はずっと頭が痛かったから、それに耐えていたから獲得した？

これは、訓練で身に付ける系と同じ獲得方法かな。

う〜ん、【精力強化】の成長が謎だ。

もしかしてウッズイーターは特殊なボスだから二つスキルを獲得できた？

そういうこと……にしておこう。

よくわからん。

「アキオーンさん！」

気が付くとウッズイーターの巨大な姿が消えて、遠くでイリアが手を振っていた。

体力が尽きた様子で、ふらふらになっている。

戦いそのものは短時間だったと思うけれど、その激しさはめちゃくちゃだった気がする。

その証拠に、イリアたち『鋼の羽』も、『炎刃』もぼろぼろだ。

だけど、イリアの表情は明るく見えた。

「戦利品の分配をしましょう！」

いかにも冒険者的な呼びかけに笑った。

「あ、落ちてる魔石は拾ってきてくれよ！」

「了解！」

俺は手を振り返し、ジンの声に答えて落ちている魔石を拾いながらウッズイーターの宝箱を目指した。

†† 『鋼の羽』ジン††

分配が終わり、俺たちは三十一階に足を踏み入れた。

広大な森林という世界の次は、また別の光景を生み出していた。

その場所について詳しくは語るまい。

次に訪れる冒険者たちの楽しみに取っておけばいい。

もう、俺たちはこの先に進まないのだから。

「来たな」

「ああ、来れた」

一番古い仲間の斥候にそう言われて、俺は頷く。

挫折して終わったという心残りにしたくなかったからウッズイーターの攻略にこだわった。

だが、自分たちだけでの攻略は不可能だっただろう。

『炎刃』だけでも無理だったと断言できる。


『要塞』アキオーン。


たった一人で三十階まで来た男。

彼がいたからこそ攻略が可能だったことは否定できない。

否定するだけ無駄だ。

妙に歪《いびつ》な雰囲気のある男だった。

あの年齢まで冒険者をしていたのならあるだろうある種のこなれた空気感がなく、まるで新人のような落ち着きのなささえある。

かと思えば年齢に応じた狡猾《こうかつ》さを垣間見《かいまみ》せることもある。

だけど、能力は本物。

冒険者ギルドでの騒ぎをこちらでも調べたが、どうもつい最近までずっと鉄等級の登録証だったという。

だとすれば彼の狡猾さは年経た鉄等級冒険者特有のものだと納得できもするのだが……。

しかし、だとすれば、実力を隠して鉄等級で居続けた意味と、それをやめた理由は？

まるでわからない。

あるいは、彼に幸運の女神が微笑《ほほえ》んだのか？

であったとしても彼を羨むことはあっても嫉妬する気にはなれない。

世界に無数にいるだろう冒険者たちの頂点に行くような人間は、どこかでそういう歪さがあるものだ。

それをずるいと言ったところで、どうにもならない。

なにを叫んだところで手に入れようがないのだから。

ウッズイーターを倒した後の分配は、魔石を等分でもらう以外はこれからも活動を続ける『要塞』と『炎刃』に譲った。

さすがはあれだけの強力な魔物を倒した後だけあって、宝箱はいつもより豪華だったし、中身も魅力的に見えた。

イリアには悪いことをした。

このパーティで唯一の若い女性。

彼女はまだまだ冒険者を続けたかっただろう。

なりたての頃に見た目の良い女だからと同年代の冒険者たちに侮られ、あるいは別の目的ですり寄られることにイラついていた彼女に声をかけたのは俺だった。

その内、技量を周りから認められるようになったところで同じ年代の冒険者たちに合流させればいいと思っていたのだが、イリアは『鋼の羽』に深く馴染《なじ》み、手放しがたい存在になってしまっていた。

その結果として、彼女にとっては中途半端な気持ちのまま解散となってしまった。

俺たちは対等な仲間になれていたとは思うが、年齢差だけはいかんともしがたい。

今度こそ、他の将来有望なパーティにと思ったのだが、これ幸いと実家から圧力をかけられて騎士の道を進まざるを得なくなったという。

一度は手放した娘を、多少なりとも声望を得たからと手元に戻そうというのは、気分のいい話ではない。

イリアとて面白くない顔をしていた。

本当に申し訳ない。

だけど、彼女は三十一階の光景を見てからこう言った。

「楽しかったですね」

と。

「実のところを言えば、倒せるなんて思ってもいませんでした。ほんとに、最初は皆さんに迷惑をかけてばかりでしたし……」

「まったくだな！」

「あ、ひどい！」

「わははは！」

仲間の魔法使いが応じたことにイリアが腹を立て、斥候が笑う。

そこからひとしきり思い出話に花が咲いた。

イリアが入ってからの思い出話は、彼女が中心だ。

彼女がいなければ、俺たちのパーティはもっと早く解散していたのではないだろうか？

いや、きっとしていた。

イリアがいたから、新鮮な気持ちを取り戻して冒険者としての寿命を延ばすことができた。

「イリア、いままでありがとう」

「え？　そんな！　私の方こそ、ありがとうございます。あなたたちと一緒でなければ、私はもしかしたら冒険者が嫌いになっていたかもしれないから」

「そうか……」

イリアにとっても俺たちといた時間は無駄ではなかったということか。

「それならよかった」

頷き、俺たちはもう一度、ここから見える三十一階の光景を見た。

俺たちが進まない光景。

この先を誰かは進んでいくのだろう。

だが、俺たちはここまでだ。

††††

「やっと……終わったぁ」

《クリア！　酒造クエスト：トレントの木材：10／10　酔夢の実：1／1》

クリアの文字が眩《まぶ》しい。

脱力するのを堪えられなくて、ゴールを決めたサッカー選手みたいに両膝を突いて、腕を振り上げた。

《酒造場の建築が可能となりました。役所で申し込んでください》

システムボイスが告げる。

とはいえ魔物うろつくダンジョン内でいつまでものんびりはできない。

近くのツリーハウスまでダッシュする。

ウッズイーターを倒してからだいたい二ヶ月くらいが過ぎた。

CLEAR!

その間、ひたすら三十階をうろつき回った。

おかげで、この広大な空間を迷わずに動けるようになった。

とはいえ、それでもトレントとの遭遇はかなりレアだった。

マジックポーチが一杯になるたびに地上に上がって換金して、ちょっと休憩してダンジョンへ、というのを何度も繰り返した。

単調な日課にさえなってしまった中で、気が付けば『鋼の羽』はいなくなっていた。

ダンジョンに潜りすぎて別れの挨拶をするタイミングを逃してしまった。

いかんなぁと思いつつも、でも冒険者がいなくなるのはそんなものだとも思ってしまう。

みんな、気が付けばいなくなってしまうのだ。

ツリーハウスで【ゲーム】を起動して役所に駆け込み、酒造場の建築を依頼する。

建築費用に１０００万Ｌを要求された。

分割も可とか言われたけどいまだにゲーム内の方が金持ちなので一括払いも余裕です。

完成まではリアルで三日かかるとのこと。

「ああ、終わった」

放心状態で呟く。

とりあえずご飯だご飯。

お祝いはお肉で！

ステーキにしよう。そうしよう。

鉄板の上で溢れる肉汁を焦がし続ける分厚いステーキを頬張りつつ、ステータスを確認する。

名前：アキオーン
種族：人間
能力値：力405／体528／速317／魔272／運5
スキル：ゲーム／夜魔デイウォーカー／盾突／瞬脚／忍び足／挑発／倍返し／眷族召喚／不意打ち強化／支配力強化／射撃補正＋2／剣術補正＋4／斧術補正／槍術補正／盾術補正＋3／嗅覚強化／孕ませ力向上＋1（封印中）／視力強化／精力強化＋1／毒耐性／痛覚耐性／再生／分身
魔法：鑑定／光弾／火矢／炎波／回復／解毒／明かり／対物結界／対魔結界／斬撃強化／打撃強化
条件付きスキル：仮初の幽者

毎日ちゃんと黄金サクランボを食べ続けた結果、人間やめましたみたいな能力値になってしまった。

でも相変わらず見た目はひょろいおっさん。

筋肉にならないのはなぜなのか？

お腹《なか》が出てないから、まぁいっか？

それに筋肉おばけになりたいわけでもないから、これでいいよね。

そして、運だけは不動のナンバー5！

三十階の魔物はほぼ相手にならない。

死神パニッシャーも、もう強敵じゃない。

何気にウッズイーターも一人で倒せたりする。

ただ、階層ごとのドロップアイテムの制限があるのか、あれ以後、あまりいいものは手に入らなくなった。

スキルも【剣術補正】と【盾術補正】、それから【射撃補正】が成長しただけ。

やっぱり使い続けているとそれに呼応したスキルが上がるみたいだ。

とはいえ成長速度はあまりよくない。

現実的に考えたらこんなものなのかなとも思うけど、能力値の上昇速度が異常なだけに比較して見てしまう。

まぁ……とにかく終わった。

「よし、帰ろう」

この前地上に戻った時には寒さもかなり和らいでいたし、そろそろ雪解けの時期だろう。

王都に帰ろう。

商業ギルドのリベリアさんに果物を持っていかないとだし、これから作るお酒も彼女に見せたい。

薬草を買っていた子供たちがどうなったかも気になる。

子供と言えばフード娘たちもだ。ちゃんと冬を越せただろうか？

うん、気になることがあるっていいな。

なにかそこに繋《つな》がりみたいなものがある気がする。

そうと決まればここで休憩するのも惜しい。

食事を済ませ、【ゲーム】の日課を終わらせたらすぐにポータルを使って、ダンジョンを出たらそのまま帰ろう。

あ、魔石はどうしようか？

まぁ、いいや、王都でも売れるだろうし、とりあえずマジックポーチから【ゲーム】の方に移動させておこう。

うん、すぐ帰ろう。

いまの俺なら、走ればすぐだ。

底辺おっさん、チート覚醒で異世界楽々ライフ

MFブックス

底辺《ていへん》おっさん、チート覚醒《かくせい》で異世界楽々《いせかいらくらく》ライフ 1

2023年12月25日　初版第一刷発行

著者　ぎあまん
発行者　山下直久
発行　株式会社KADOKAWA
〒102-8177　東京都千代田区富士見2-13-3
0570-002-301（ナビダイヤル）
印刷・製本　株式会社広済堂ネクスト
ISBN 978-4-04-683003-6 C0093

担当編集　森谷行海
ブックデザイン　AFTERGLOW
デザインフォーマット　AFTERGLOW
イラスト　吉武

本書は、2022年から2023年に「カクヨム」（https://kakuyomu.jp/）で実施された「第8回カクヨムWeb小説コンテスト」で大賞（異世界ファンタジー部門）を受賞した「底辺冒険者なおっさんの俺いまさらチートを持っていることに気付く　領地経営ゲームで現実も楽々ライフ」を改題の上、加筆修正したものです。

この作品はフィクションです。実在の人物・団体・事件・地名・名称等とは一切関係ありません。